h2O 原水

二膽醫官

極地戰島醫官日誌

沈茂昌 醫師◎著

【致謝與迴響】

謹以此書

獻給我的父母親

沈文富（一九二一～一九九七）

沈蔡金珠（一九二二～一九八六）

感謝他們為了我無私無怨無悔地付出，如果我有一點點成就，都是他們的賜予。

沈茂昌

本書初版能於二〇〇七年順利出版，要感謝幾個好朋友的熱心幫忙，首先楊景旭先生（高雄市政府新聞處副處長），在初稿完成時即先過目，並指出文中錯誤；承蒙黃昭雄老師（龍華國中美術老師，國立台灣師範大學碩士）及童錦茂先生（漫畫家）看過我的漫畫完稿後，點出畫中缺點並提出許多建言，獲益良多。又蒙前中華藝校校長蔡國彬先生及同學曾貴海醫師熱心閱讀，給予讚賞和肯定，曾醫師還慷慨賜序，並建議及敲定出版事宜，不勝感激。

社會·體育

極樂831當老鴉 名醫畫當年…

自由時報報導（2007 / 07 / 17）。

星島日報 2007年7月17日 星期二 SINGTAO 台灣社會 TAIWAN SOCIETY NEW

權充老娼頭「白天割包皮，晚上忙演習」

醫官研春藥「造福」官兵

美國星島日報（世界日報總編輯常誠容小姐寄自紐約）。

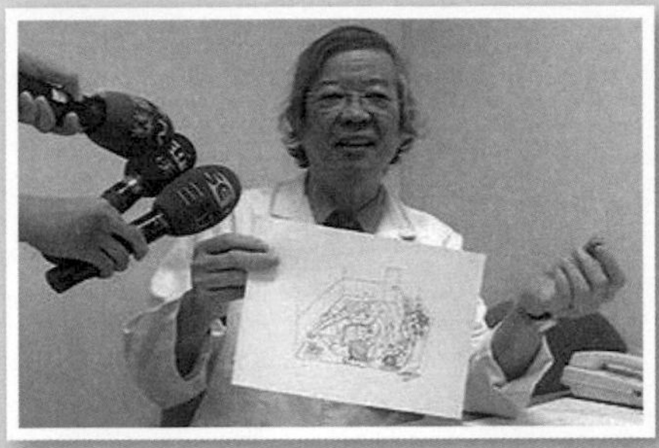

2007 年多家電視台訪問出書一事。

二膽醫官出版 朋友怕變主角

自由時報大篇幅報導（2007 / 11 / 14）。

感謝當時因為寫「二膽醫官」一事，經自由時報記者楊菁菁小姐大篇幅報導後（二〇〇七年七月一七日），星島日報也同時予以轉載，還有多家電視台採訪（包括三立、中天、中視、民視、年代、東森、TVBS等），並予播出，引起許多同事、親朋好友及病友之關心與催生，更加速本書之出版。

本書初版後有許多意想不到的收穫，很多熱心讀者來函或直接到我任職的高雄醫學大學附設醫院找我，並提供一些相關資料，非常感謝。當年在曾貴海醫師、黃玉珊導演主持下，「二膽醫官」拍片籌備會積極展開，陳三資女士也寫成劇本，前指揮官林天賞及副連長胡船生自願擔任軍事顧問，高雄醫師公會及諸會員也共襄盛舉，踴躍投資入股。在好友的引薦下，也曾與幾位對這本書感興趣的知名導演見面，洽談拍片事宜，最後都因資金問題而喊卡，很可惜。

二〇一四年鈕承澤導演的《軍中樂園》上演前，鈕導演接受專訪時，手中拿著這本書說：「軍中樂園的開拍，受到這本書很多的啓發」，很高興聽到本書有這樣的貢獻。

也感謝公視《這是台灣款》節目於二〇二三年七月十六日邀我錄影一小時，分享二膽醫官經歷，同時上節目的金門縣戰地史蹟學會總幹事董森堡先生幫忙補充當時的歷史背景，董先生也是現任金門縣議員。在我的推薦下，製作部也擬訪問指揮官，並拍攝一段 VCR，不料意外得知指揮官已過世，令人不勝唏噓。

以下則以時間序紀錄這本書初版後，當年軍中同袍或長官傳來的迴響：

友人陳瑞益醫師看了書後，認出二膽指揮官林天賞是他的親戚，告知林先生，不久（二〇〇八年六月）即收到林先生由彰化來信，洋洋灑灑四大張，細說讀後之感想，回憶和感慨躍然紙上，信中特別提及一段往事：「記得有一天你陪我漫步碼頭海灘，發現一具廈門

到彰化拜訪指揮官林天賞。

二膽軍官合照，指揮官後排中間，筆者前排右二（1973／1／3）。

于豪章陸軍總司令來二膽，其左後方為指揮官（1973／3／29）。

二膽指揮官與狗中尉（守碼頭01據點，第19章）

那邊漂來的嬰屍，你一個箭步抱起屍體，詳細檢查後，建議葬在島上僅有的墓地上，那時候大陸上的紅衛兵正捧著《毛語錄》大搞文化大革命」，我從後來找到的日記本內，發現那天剛好是五月十三日母親節，我記下「01陣地，一浮屍小boy，母親節諷刺，包之，埋之，燒香。」01陣地即碼頭，我立刻回電並相約於六月二十八日到彰化相見，他找出幾張拍攝於二膽非常珍貴的泛黃照片送我，並得知連長已不幸過世。

不久又接到當年也在烈嶼（小金門）服役的醫官蔡溪泉先生來電說，他知道二膽的胡船生副連長在內埔龍泉醫院服務，我連忙去拜訪他，託他們的福又找到童金文士官長，三十五年了，相逢一笑泯恩仇，往日是非俱往矣。

二〇一五年元月八日因陳堯興導演欲將這本書拍成紀錄片，再去拜訪童士官長，已九十高齡，仍然相當硬朗，記憶力還不錯，聊起二膽往事，侃侃而談，還記得當年醫療班我抱養的小狗的名字「小黃」，令人欽佩，然天有不測風雲，童士官長已於二〇一六年初不幸過世。

二〇一八年六月四日看到《自由時報》「大二膽島七月二十六日開放團體觀光」，不久即接到林天賞先生來電告知，我倆是第一批曾在島上服役過，受邀將於七月二十七日登島參觀，獲此殊榮，倍感榮幸，也終能一償四十多年來縈繞於心，再登二膽島之宿願，然不知何故，行程突然取消，可惜。

二〇二一年一月八日在高雄市立聯合醫院看完診走出門時，一位陪家人來看其他診，

在當年烈嶼醫官蔡溪泉引介下，見到了闊別35年的童金文士官長（2009／1／11）。

身材壯碩的先生指著門板上我的名字，問我是不是一九七三年在二膽服役的沈醫官，那已是近五十年前的事了，這人的記憶力眞了不起，據他說，當年他隸屬烈嶼海龍蛙兵，派駐大膽，負責大二膽間的運補任務，曾以成功快艇運送幾次八三么女人到二膽（本書第十七章），在岸邊與我有數面之緣，當年看了我胸前名牌的名字就記住不忘，實在不簡單。他聊起當年我在后頭與士官長拼酒之事（本書第五章），眞想不到連這種事也會傳到烈嶼海龍部隊，他們也曾想邀我去拚酒。

再訪童士官長，已 90 高齡，相逢一笑泯恩仇（2015 / 1 / 8）。

右起童士官長及夫人，筆者夫妻，蔡溪泉。

聚會高雄，左起胡船生副連長、筆者、指揮官、陳台生排長（2008）。

【目錄】

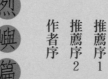

烈嶼篇

二 膽篇

【推薦序1】

極地戰島醫官的驅魔日誌

曾貴海

沈茂昌於一九七三年初被調派金門二膽服醫官役，擔任前線戰島唯一的醫官，一九七三年七月五日回台。五十年前的深刻體驗和記憶，埋藏到二〇〇七年才動筆完成這本自傳體小說，歷經時間和讀者的審察與考驗，即使相隔十六年，文本依然散發感人的魅力。如今城邦原水文化將這本著作重新再版，補遺那個年代服兵役的歷史片段，再現被遺漏的戰地文學，賦予文本更新的意義。

沈茂昌醫師是我大學的同班同學，他是雄中應屆畢業生，我則是慢了一年才考進醫學院，我們班上的雄中校友，自自然然的形成一個「散集團」，類似某種遠親關係，有事沒事會聚在一起，許多同學都有一個小名，我們是以「沈仔」稱呼沈茂昌醫師。

低年級時，我是一個逃叛者，跟同班同學比較少接觸。進入基礎醫學後，因為功課繁重，攸關病人性命，高醫十三屆同學忽然間成了一個愛讀書又會讀書的班級，儼如一個有組織的讀書會，因此高醫十三屆人才輩出，我記得班上慢慢的出現一些「天才兒童（嬰仔）」，沈仔就是其中一個。他不是一個領導型人物，但是一個冷靜而富幽默感的觀察者，很得人緣，後來我們一直維持著友好關係，或許彼此存在著對生命與環境保有好奇的敏感吧。

一九七三年從二膽退伍的醫官沈茂昌，在二〇〇七年突然被召喚到三十多年前的時空，透過日記和相關記事及資料，再配上他的「天才」漫畫，完成了這本既精采又能見證戰場人性的日誌。雖然故事的時間只有一年，但是他透過個人史所揭露出來的是一個大時代中最幽暗而深沉的部分，那是戰爭惡靈世界的心路歷程，它不僅刻劃了一個既是參與卻也是記述者的生死體驗，更詮釋了不同的台灣人民面對戰爭時的複雜情緒。它是一個孤島醫官的驅魔日誌，這個惡靈仍然糾纏著21世紀的台灣，只是惡魔的形質已經演化成更複雜的交戰角色。

台灣人對當兵持有的正面看法是「一個青年轉成大人」的過程，意味著不論當兵的過程如何，這個過程形同台灣青年的成年禮儀式，至於是不是賦予「反攻中國大陸，恢復中華」的政治使命或神聖任務，在當年冷峻的戒嚴時代，沒有人會去討論它的意義，「爲何而戰」的問題是由國家權力來指導控制。

當時的醫學院畢業生大多是考試戰場上的常勝軍，在社會的評斷上是屬於最上層的知識和資產階級，因此很少遇到什麼大不了的挫折，只希望很快成爲一個專業職場上的成功者。「當醫官」是一個無關緊要的國家命令，無法成爲責任與使命的代名詞，更不瞭解到底爲何而戰，雖然這個國家用盡了所有的方法告訴人民這是反攻中國大陸的聖戰，但是很少人相信這個教條。

沈茂昌對於戰爭的認知，非常誠實的表達了當時的想法。去當兵，數饅頭、裝傻放空、謹慎保命、平安退伍，成爲充員兵的當兵守則。沈茂昌以這種心態隨著入伍潮進入戰爭叢林，萬萬沒有想到他的生命卻陰陽錯差的被引導向戰爭惡靈的墳場，雖然他不知爲何而戰，怯戰又厭戰，但是戰爭卻迫使他成爲一個眞正的戰士，雖然劇情緊張，但卻充滿戰爭心理的乖謬，不過，沈茂昌的冷靜和心懷卻處處展現出人性的溫情。如果揚棄政治教條的口號，台灣充員兵的入伍所彰顯的正確意義，是保護自己和後方的親朋人民，進而捍衛台灣。

沈茂昌本來抽中了一個即將從金門退防台灣的師部，沒想到命運就給他開了第一個玩笑，他被徵召去支援小金門的師部，就此展開了與戰爭惡靈對峙的生存之旅。

他到了小金門，顯然患了少爺醫官適應不良的症候群，他看什麼都不是，心中充滿怨尤，這些徵狀隨著日子慢慢減輕，他不但逐漸適應軍中生活，與戰友們的互動逐步改善，醫療工作也算稱職，在這段期間，也讓他了解什麼是戰地，什麼是戰爭，適應過程雖然艱辛，但仍平安渡過。

四個月的適應期過後，他剛開始「享受」自己的軍旅生活，沒想到命運卻又給他開了一個更大的玩笑。二膽島上兩百名軍人的健康原來只有一位沒有受過醫學訓練的老芋仔士官長負責，但在一次意外事件後，軍方決定加派醫官支持，因此表現優良，專業稱職的沈茂昌當然是首選，何況這個傢伙，不識大體，竟然在成功嶺受訓時，公然向輔導長表態不願加入國民黨，犯了大忌，跟我一樣被派往戰地金門。

調防戰地最前線的二膽，是本書最精采又生動的部分，沈醫官由一個純眞的青年，馬上蛻變成一個眞正的戰士。戰士唯一的使命是保護自己和團隊的生命，但是子彈是不加裝眼睛的，在生命與生命對戰與對峙的每個日子裡，有時戰爭的惡靈會突然的轉向反噬自己的同志，因此兵變或老芋仔士官在情緒失控下，用槍指著沈茂昌的臉，只缺手指扳下一個動作的生死關卡，在戰爭惡靈的幽暗世界裡，沈茂昌畢竟也遇上並渡過了。

在二膽的七個月充滿經神張力與焦慮的日子裡，他和其他人共同完成了戰地的驅魔儀式，這些儀式只能短暫的消除戰爭的恐懼、脅迫、恐嚇和嘶吼，戰爭惡靈從來就沒有離開那個〇．二八平方公里沒有女人的小島，只是在睡夢中和驅魔儀式進行時，被暫時遺忘而已。

但一個身體被放置在砲彈的凝視下，身體會做出什麼反應和保護行爲，身心會用何種方式逃離獵捕，在沈茂昌的戰爭日誌中給予我們很清楚的答案，那就是暴力與性，暴力是戰爭的本質，戰爭必須以暴力爲基礎才能建構戰場和戰事，而沈茂昌卻遇見了一個不在戰爭暴力的劇本中意外加入的劇情，這個劇情緩解和平息了戰爭的魔力，這個力量卻是由戰地妓女所賜予。

當幾百個男人的身體被隔離棄置在戰爭惡靈的符咒下，身體的性角色與性傾向必然的產生了焦慮恐慌和錯置。當男人在戰地寫無法投遞的情書，後方的女友卻在搞愛情兵變，老士官借用充員兵的屁眼，在衆目睽睽下替公狗手淫，不照常軌的宣洩被堵塞的情慾，軍妓的到來不啻是一種救贖，她們會在某個沈茂昌所謂的「偉大的日子」來到孤島，所有官兵列隊兩旁像歡迎麥克阿瑟或巴頓將軍一樣，賜給他們勇氣與鬥志。她們像女神，她們像母親或愛人，她們是最有效的安慰劑，平撫了戰地男人苦悶的心靈，替他們找到了一個逃離惡靈的出口。性的力量在沈茂昌醫師的仲介和掌控下復原了島上戰士的生命力，也解放了加在軍妓身上的歧視和誤解，她們被還原成爲一個眞正的女人，她們不再是被選擇的商品，而是提供心靈商品的服務者，性權力的主客角色被翻轉，因此她們也成爲對抗戰爭惡靈的戰士，另一種救星，但不是蔣介石。

在這些反轉的劇本中，沈茂昌隱而不現的詮釋了生命的尊嚴與意義，這也是這本書應該給予相當評價的重要部分。

在這本書中，名醫沈茂昌重返舊時空，描繪及記述「極地戰士」沈茂昌的軍中生活，充滿了感人的血淚情節和溫馨的場面，他也非常成功的扮演了做爲驅魔儀式中的祭師角色，他在失聯將近七個月後，終於在一九七三年的七月五日，回到鳳山的家中與錯愕的母親相擁而泣。

替他寫序，讓我分享台灣作家很少觸及的極地戰島的戰靈魔界和時代見證，也分享了他精彩生動的戰地文學。

推薦者簡介　曾貴海

詩人、醫師、公民運動者

- **曾任**：衛武營公園促進會長、高雄綠色協會理事長、台灣南社社長、《文學台灣》雜誌社社長、台灣筆會理事長、《笠》詩社社長、鍾理和文教基金會董事長。
- **現任**：文學台灣基金會常務理事。
- **曾獲**：吳濁流新詩獎（1985）、賴和醫療服務獎（1998）、高雄市文藝獎（2004）、第二十屆台灣文學家牛津獎（2016）、客家終身貢獻獎（2017）、台灣醫療典範獎（2018）、厄瓜多惠夜基國際詩歌第 15 屆 Ileana Espinel Cedefio 國際詩歌獎（2022）、被提名諾貝爾文學獎候選人（2023）。
- **詩集**：《鯨魚的祭典》等三十幾冊。
- **論述**：《憂國》等四冊。

【推薦序2】

大膽醫官赴二膽島，在三界渡六道眾生

楊斯棓

二〇二二年，曾貴海醫師獲得厄瓜多國際詩歌獎，客委會舉辦的獲獎派對上，我唸了Christina Rossetti的Who has seen the wind跟曾醫師致意。

原來，當時與曾醫師情如兄弟的大學同學沈茂昌醫師就坐在台下，還即時錄下我的演講，我們緣繫那一刻。

他們高醫醫學系十三屆感情很好，多人參加曾醫師的盛會。

我與沈家的緣分不止如此，我和沈醫師的女公子沈明萱醫師是臉友，她是兒童牙科專科醫師，著有一本相當暢銷的全彩圖解書《陪伴，從寶寶的第一顆牙開始：乳牙到恆牙的保健全書，和蛀牙蟲拜拜！》。

沈醫師是未入社的四七社成員

沈醫師出生於一九四七年，這一年出生的人，有一種說法稱他們是「英靈世代」的一員。

世界上有兩個國家曾經出現過「四七社」；德國的「四七社」（Gruppe 47）是左派寫作團體，成立於一九四七年，宣示持續以文學的眞誠對抗政治力量的不當化。

重要成員有波爾（Heinrich Böll, 1917-1985）、葛拉斯（Günter Grass, 1927-）等人，四七社爲促進戰後西德文學的重要推手。

一九九一年，台灣也成立了「四七社」，有一群在一九四七年出生，以「英靈世代」自我期許擔負社會重任的人，爲了二二八的共同記憶，以個人所學爲基軸，不但勇於發表他們的覺醒與體驗，更爲了台灣社會的發展提供深刻論述，代表人物包括李敏勇、蘇貞昌、張炎憲與張清溪。四七社成員被喻爲二二八事件亡靈的再生，在二二八事件的夢魘裡，他們痛苦而勇敢的脫繭。

戰地文學與醫學漫畫的雙刀流

沈醫師擔任實習醫師時，已展露漫畫長才，能以漫畫闡述診間趣事、醫學知識，獲聯合報長期刊載，後來還集結成冊爲《銀蛋見聞錄》及《銀蛋見聞錄二》，目前二手書市場奇貨可居，一本竟要價四位數！

沈醫師曾在二〇〇七年出了一本奇書：《二膽醫官》，分享自己一九七二年時擔任醫官的見聞，這次「重版出來」，實在是讀者之福。

家父與沈醫師年紀相仿，以前聽家父吹牛般說著自己任醫官的鄉野奇譚（割包皮、捕鼠捕兔），一則一則在沈醫師書中都可見類似場景，讀完眞是對家父另眼相看，原來他沒說大話。

撇開醫官，對眾服役者而言，「遭逢兵變」都是一個不易跨過的關卡，這個年紀之前，也沒有什麼機會接受實用的情感教育，無力承擔「被分手」的壓力。

彼時，服役者對性有需求，「軍中樂園」讓他們一時間離苦得樂，我卻更同情那些性工作者的境遇，不禁想起王溢嘉筆下的「亦爲人子」，他們可也是別人家的女兒。

我亦想起以前有廣播節目聊起遠洋漁船船員的性慾排遣，有人對禽類動物的肛門打主意，還勒緊動物脖子，以求更強烈的感官刺激，眞是不忍卒聽。

對入伍退伍俱有擔心，對未來卻一無所懼

說來慚愧，我曾動了逃避兵役的念頭，本想以「眼瞼下垂」爲診斷，探問免役之路，雖然最終未付諸行動，但光回想起那些念頭，終究還是有愧於心。

入醫學院後，不時耳聞哪些學長逃兵成功，有人拼體重過瘦，有人買冰淇淋等融化後狂飲，拼一個體重過重。有人用「微傷害」自己的方式換取免役，不可取也不光彩。

雖然醫科生對於「服兵役」大多有「浪費時間」的共識，但幾十年後回頭看，能細數

當兵（或醫官）生活酸甜苦辣的人，終究比未服役而不好意思多言的人，更抬頭挺胸，豁達瀟灑。

我當醫官時，長官待我不薄，我常穿梭他們看電視共聚一堂之處，不分黨派的將軍們都愛看大話新聞，聽鄭弘儀講話。

退伍後的幾週內，我受邀上了幾次大話新聞，如果將軍們記性好，說不定會嚇一跳：「蛤！那不是楊醫官嗎？」

看著《二膽醫官》，思緒飄進當初我考預官的國立台中科大教室，或是下部隊前受訓的學校，或是花蓮佳山基地的醫務所。

那時的青澀心境，對於能平安退伍，總是有所擔心；對茫茫未來，卻又矛盾的一無所懼。

讀完《二膽醫官》，我要把感動化爲行動，我將購買一百冊，送給當過醫官的好友們！

推薦者簡介　楊斯棓

退休家醫科醫師

- **作品**：《人生路引》二十七刷，版稅提前百分之百捐給蔣渭水、鄭南榕、新世紀文教基金會、綠盟、B 型企業綠然、人本、門諾、台權會
- **電　郵**：szupang@szupangyang.com

【作者序】

「當醫官」跟我想的不一樣

沈茂昌

二〇〇七年三月某日，我不經意地打開書桌各抽屜看了一下，我發現好幾個抽屜裡的東西十幾年來都沒動過，在其中更驚訝地發現一堆十二年前寫的手稿《二膽醫官》，我翻了幾頁，再讀一遍，裡面寫的東西，雖溫故卻如新，很多內容都已不復記憶。這十幾年來記憶在消退，手稿並不齊全，只有二到十八章。

我花了幾天時間，在儲藏室內翻箱倒櫃，又陸續找出幾篇。找不到的只好再憑記憶補之，寫完以後又意外發現其中之幾個章節，一比對下，現在無論怎麼寫，都沒有一九九五年的手稿寫得生動、精采詳細，方知歲月不饒人，若再不整理成書，再過幾年後，對二膽記憶只剩薄薄的幾頁摘要，也不必出版了。

當年寫來全憑記憶，日記本幾經搬家，早已遺失，遍尋不獲，甚爲可惜，記憶總會失眞，或下意識選擇性記憶。二膽醫官經驗確實罕見，我只想將當時的感受寫下來，紀錄下那一年不平凡之經歷，雖然滿紙荒唐言，卻是一把心酸淚。不對人事褒貶，沒有惡意，對許多當事人除同學外，爲保護其隱私，大都以假名示之，希望不要見怪。這不是正史，如有謬誤，亦多包涵。更歡迎當年與我同時同地服役者，不吝指正，內文如有冒犯之處，請一笑置之，是所至盼。

那時的我一直以爲服兵役當醫官，只要輕輕鬆鬆的看看病人，開開處方，數饅頭混日子等退伍即可。想不到我服役的那一年內，不僅當人醫也當狗醫；我持手術刀救人，也拿槍圍捕殺人犯。我的醫務室收留病人也監禁囚犯，我不僅要處理官兵弟兄的身心病痛，還要解決他們的生理需求，因此醫官權充老娼頭，主持八三么賣票營運！甚至於研磨春藥造福官兵，這一切的荒謬唐突、光怪陸離都只因爲國家派我至二膽島當醫官。

我於一九七三年七月五日在小金門二膽退伍，這本書在我退伍屆滿五十年的二〇二三年歲末得以重新增訂出版上市，別具意義，內文中除收錄我親繪插圖九十餘幅，及二〇〇一年特別回到以前烈嶼后頭衛生營及龍蟠山下步兵營駐地所拍攝之彩色照片外，也收錄出版後這些年來陸續連絡上同袍，和指揮官、副連長提供的多張珍貴照片，讓無緣上烈嶼、二膽服役之讀者，也能同享這段奇遇及前線中的前線，離島中的離島——尚未開放的二膽島風光。

這本增訂版也特別感謝副連長指正書中失誤之處。幾年前回鳳山老家整理舊書房的醫學書籍資料時，意外發現失蹤多年的一九七三年二膽日記本，再逐字重溫一遍，找出當年被士官長以槍相對，而由醫官寢室搬至小兵住的陰暗潮濕，群鼠橫行的坑道裡，極度鬱卒時，寫下的兩首打油詩也附上，一爲〈告鼠文〉，另一爲〈無題詩〉（請參照第十九章）以饗讀者。

沈茂昌

廈門
烈嶼
（小金門）
金門
后頭
九宮
東林
水頭
尚義
廈門大學
大膽島
二膽島
三.四.五膽島

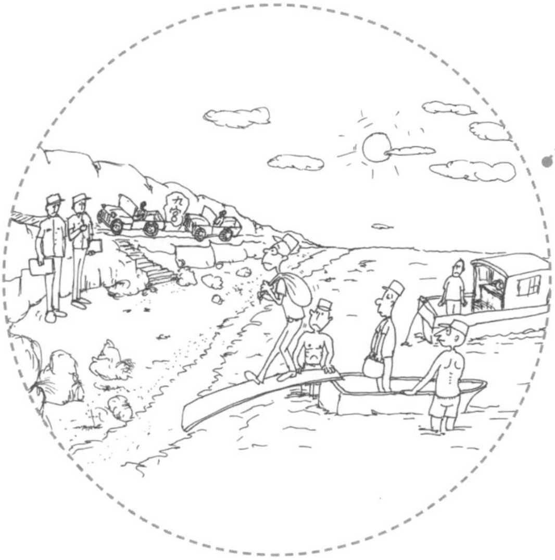

烈嶼篇

【第一章】天堂、地獄

記得一九七二年七月四日到壽山報到，準備搭船赴金門服役的同學近十個，約占當年高雄醫學院畢業的五分之一，大家見面不勝唏噓，此去前途茫茫不知所以。當年金門仍處國共對峙，互相砲擊，訊息極端封閉，很多家長知道其子弟要赴金門服兵役都哭成一團，憂心不已。

到壽山報到等船那幾天，大夥最關心的是屬於哪一師，有些師剛到金門（下下籤），某些師即將調回台灣（上上籤），可免費到金門一遊，這可是再多錢也買不到的機會。大夥兒上山被理了個小平頭，換上軍裝，右領別上一個形如小鳥

註

・二兵：近代國家的軍隊中階級最低的士兵。新加入軍隊的士兵經過基礎訓練即為二等兵。

・少尉：軍官中最低級別的職銜。

・預官：通過預官考試者，受訓後即為少尉。

的徽章，其實是蛇，代表醫務，左領上加掛一條槓，成功嶺的二兵蛻變爲少尉醫官，大夥沒事就往四處打探消息，然後再到福利社見面互換情報。

第二天下午一位很厲害的同學不知從哪裡抄到一份名單，每人屏息找尋自己的名字，比聯考查榜還緊張，只見有人臉色蒼白搥頭頓腳，如喪考妣，有人高聲振臂歡呼如中愛國獎券。我是屬於後者，上天垂憐、天公保庇，我中了上上籤，我那一師一個月內就要移防回台，心想天下眞有這麼美的事嗎？大夥人馬上把我簇擁到福利社大開啤酒，慶祝一番。我請客，小case！反正很快回台，錢不重要了！當然，酒中不忘安慰幾個苦酒滿杯、欲哭無淚的

每人屏息找尋自己的名字，有人臉色蒼白，有人振臂歡呼。

同學，「想開一點！一年很快就過去了，中秋節我會寄月餅去勞軍。」

七月九日出發那天，搭乘的太武輪，船笛響要出港時，居然老天也見憐，掉了眼淚下起雨來，我坐在甲板上望著軍艦緩緩駛離高雄碼頭，台灣越離越遠，終於消失在海面上，軍艦在暗夜裡乘風破浪前進，帶著一群各懷心思的預官駛向未知。寬廣的海面上，除了浪聲，一片安祥，是暴風雨前的寧靜？我不敢想像。同學中心情欠佳的或是暈船的都在船艙裡睡覺。

我自從得知所屬部隊即將回台後，金門之行突然變得充滿歡愉，就像一個初次出國的小孩一樣滿懷興奮與期待。我傾靠在甲板上的纜繩，黑烏烏的大海、陣陣的微風帶來腥鹹的海水味，澎湃的波濤有節奏地拍打艦身，讓我憶起童年每年暑假，在白色的沙灘上漫步、撿拾貝殼、觀賞落日，充滿歡樂的澎湖之旅。此刻心情百般複雜，無法成眠，在甲板上下來回走了不知多少趟。

「匪船！快來看共匪！」朦朧昏睡中聽到老芋仔大叫，我趕緊衝上甲板，原來天已破曉。我順著他們手指的方向往前望去，大海上有幾艘中國大陸漁船，船上的漁夫悠哉悠哉的在撒網、捕魚。還未見到戍守前線的英勇國軍，卻先遇到沉浮在寬廣海面上的共匪漁船。

我凝視著專注打漁的大陸同胞，怎樣也無法把他們跟我們在台灣每天準備反攻大陸要去解救，生活在水深火熱中的苦難同胞聯想在一起，他們不是穿不暖、吃不飽；鳩衣百結、衣不敝體，得啃草根、樹皮，瘦骨嶙峋嗎？他們看起來跟我們似乎沒啥兩樣，除了皮膚黑了一點。

「金門快到了！」一旁的幾個老芋仔說著說著便走下船艙，拎行李去了。留下我獨自站在甲板上，在清晨充滿霧氣，濕冷的海面上，我感到一股寒意。

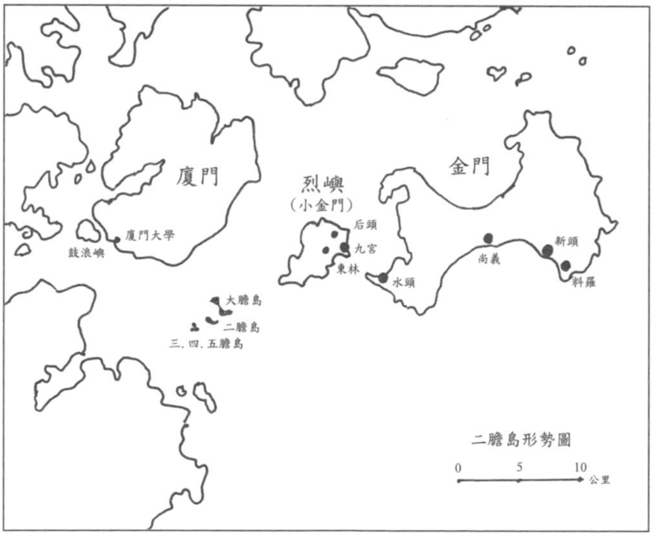

二膽形勢圖。

船抵達料羅灣新頭碼頭，同學互道珍重、再見，各自向舉牌迎接的師團報到。我遍尋不見所屬師團的牌子，一個身披彩帶看來像是指揮的軍官叫住我，「哪一師的？叫什麼名字？」「沈茂昌，19師。」他翻了手上名冊看了看說：「19師，下個月就要回台灣了，不

你去支援列嶼58師。

需醫官，你去支援烈嶼58師，快去報到。」

我像是被外太空飛來的隕石擊中大腦一樣，失神了好一陣子。回魂後提著行李，跑向58師集合處，我與同學林曉晃同屬19師，但卻只有我被抽調至58師，58師名單上沒有我的名字，不過他們馬上把我的名字補上去，從那時起每次被轉交，接手的單位點名時就補上我的名字，一直補到抵達最後一站。集合地點已有幾位面色凝重、愁眉苦臉的預官，「烈嶼在哪裡？」我怯生生迫不及待地問著，但沒有人搭理，於是我加入他們的沉默。

兩個在壽山被我以啤酒安慰過的同學，意外地發現我，很訝異的看著一臉苦瓜的我說：「老沈，這裡是58師，你跑錯地方了！」我搖了搖頭，只能勉強擠出一絲苦笑，長嘆一聲道，「說來話長。」「看來，我們都要一起在小金門退伍了。」原來小金門又叫烈嶼。

驗明正身，完成報到手續後，一位阿兵哥大聲叫著，「58師的跟我走！」七八個來自各地，同屬58師，領掛菜鳥牌面色凝重的預官提著行李，被押上一部已有多人上座的軍車，開始駛向一無所知。

顛顛簸簸的車上只聞引擎聲，無

由大運輸艦換乘小漁船，再換人拉小艇，踩著木板上岸。

人開口、氣氛凝重，如赴刑場，車行經過許許多多不知名的荒涼村落，就如長途貨運車沿途丟包，許多醫官陸續下車被不同單位接走，車上的乘客愈來愈少，中午在某地樹下小攤停留用餐，食不知味，又繼續上路。

抵達終點站水頭碼頭時，只剩幾個58師的醫官，換乘小漁船。在船上，我的心就如那漁船的馬達一般，有氣無力的跳著。在炎陽下，不知過了多少時間，到達另一個小島。如果不是海邊一塊石頭上刻了「九宮碼頭」幾個字，打死我都不相信這裡是個碼頭。

時近下午，正值退潮，船無法靠岸。再換成功小艇，由穿紅短褲的蛙人拖近岸邊，踩著跨在艇上的木板上岸。各醫官由各單位分別接走。同學各分東西，其中，四位互不相識的醫官由后頭衛生連接走，我是其中之一。

顛簸不已的吉普車走過一些羊腸小徑，沿途那窮鄉僻壤是我一生所見過最淒涼荒廢的景象，讓已經鬱卒到極點的心情又再緊縮一下。

才一天的時間內，由大運輸艦換乘小漁船，再換人拉小艇；由熱鬧繁華的高雄，被流放到鳥不拉屎的后頭；由得知即將回台的天堂，一下墜入深淵地獄，大起大落如乘坐雲霄飛車，由最高點下墜垂直落入地心。我拎著行李，躊躇於碉堡洞口，百感交集、心如刀割，抬頭望著逐漸西沉的夕陽，將白雲染成血色，我的心也跟著淌血沉落。

服役時配戴的名牌及領章。

【第二章】雷霆演習

好不容易熬到禮拜天沒有值班，通過營輔導長儀容檢查，正興沖沖地出發前往號稱小金門西門町的東林街觀光一番，不料走到半路，卻見一群官兵神色緊張地往回跑，邊跑邊叫，「雷霆演習」。

什麼是「雷霆演習」？我一臉茫然，仍傻呼呼地往前走，兩位持卡賓槍、一臉嚴肅的憲兵擋住了我，「醫官，全島休假取消，人員火速歸隊！」我只好滿腹狐疑的跟著人群往回跑。

回到連部只見全連士兵忙著著戰鬥服裝，整理槍枝，空氣間瀰漫著一股緊張氣氛。「怎麼一回事？」我問一個正在忙著紮S腰帶的士兵。「詳情不曉得，只知道隔壁砲兵連出事了，死了幾個人，兇手攜槍逃亡，上級下令天黑前把人找出來，死活不論。馬上就要集合出發了。」我心想衛生連的醫官有得忙了。

「醫官！你不著裝，在幹麼？」不知道什麼時候，全副武裝的連長站到我身後，嚇了我一跳。

「報告連長，我也要參加嗎？」

「死老百姓！你當然要參加，未輪值的全部都要參加！」醫官應該留在連部待命救人，而不是拿槍出去殺人才對，可是我又不敢說出來，長官的命令是不容懷疑的。

我快步跑回寢室快速換裝，這時很高興發現我剛到小金門報到不久，卡賓槍還沒有發下來，我想這下可逃過一劫了。

「報告連長，我沒有武器，可否留下待命，幫忙值班醫官？」連長理都不理我，轉身向傳令兵。「去連部拿一枝槍來！」不多久傳令兵遞給我一枝手槍，我這生第一次握著手槍想不到那麼重。

「報告連長，我在成功嶺只打過步槍，沒有碰過手槍。」

「你總看過西部電影吧！這把槍已上膛，這裡是保險，打開保險對著目標就可以擊發！」

「可是……」

「怎麼這麼囉嗦，你賞他一個衛生丸或他打你一槍，你看著辦吧！」連長轉身忙著準備帶隊出發，根本不屑理我，我握著手槍愣在一旁，我是看過不少電影，荒野大鏢客拔槍連射，一下子幹掉六個人，瀟灑俐落，氣都不喘一下；007一槍在手左右開弓，神勇無比，可是我怎麼也想不到手槍是這麼的沉重，拿在手上那麼吃力，我覺得腳有一點軟。

「今早，我們的鄰居砲兵連一位炊事兵，因爲不滿其他官兵嫌他燒的菜不好吃，拿槍就幹，現攜槍逃亡，上級下令，天黑前將人搜出，死活不論，請詳細記住這個人的特徵，一發現馬上就給他一槍，據最新消息已經死了兩個人，都是一槍斃命，另還有一個在急救中……」

註

・S腰帶：軍用腰帶，可加掛刺刀、彈匣、手槍。
・衛生丸：在軍中戲稱子彈。
・炊事兵：軍隊中負責飲食製作、遣送與分發的士兵。

看著連長一本正經滿臉嚴肅地向全連報告，我頭殼內只有眞空，雖然心臟加速壓縮，卻總覺得血液有送不到腦的感覺。

「注意！這個逃犯的特徵是理小平頭、著汗衫，別忘了一發現馬上給他一槍！報告完畢，部隊出發！」這算是那一門子的特徵，全島官兵不都是小平頭著汗衫嗎？今天不穿外衣在外閒蕩的人可要小心了。

部隊一字排開，拿手槍的軍官包括我在內，站在隊伍前面，在連長一聲令下向前推進。原來抓逃兵就叫「雷霆演習」！

我望著前方一片長可及胯，分不清楚是雜草或高粱的曠野，這個場景簡直就是電影內常見非洲打獵鏡頭的翻版，一群土人擊鼓吶喊緩慢前進趕出獵物，不同的是我們的獵物也持長槍。

我的心情就像是突然烏雲密佈的天空，陰暗無光。時値八月本來是豔陽高照，風和日麗，最適合郊遊踏青的好日子。今早八點出門時便是如此，不知怎地，也許是配合當時的情節，天氣突然轉劣並且吹起陣陣陰風，下起毛毛雨來，雨雖不大，不過未穿雨衣在雨中

撥草搜索的滋味實在不好受，總覺得一陣陣寒意由腳底往上升，冰冷的手槍加上附著在上面的雨滴更顯沉重，在分不清是雨水或汗水，濕淋淋的手中，一直抖個不停。

我睜大雙眼透過滿佈雨點、朦朧不清的鏡片，努力搜尋前面每一棵樹、每一塊突出的石頭、每一片可疑的草叢，一點也不敢輕忽，我不知道碰上那理小平頭穿汗衫的傢伙機率有多大，可是我清楚了解這可不是鬧著玩的。「這根本不該是我要碰上的！」我邊走邊嘀咕。我原本不屬於58師的，現在的我應該是心情愉快地準備打包回台灣才對，一切都是陰錯陽差，命運之神對我開了一個玩笑。

冰冷的手槍加上附著在上面的水滴更顯沈重。

搜索活動在下午三點左右。連長由無線電得知，該兵被四面圍困，自付插翅難逃、舉槍自盡後結束，全連打道回營，鬆了一口氣。整個事件原來是這樣的，早餐時，炮兵連一個充員炊事兵，因手藝不佳遭嘲笑，而起衝突。在外島當兵大家心情苦悶，一點芝麻綠豆小事就會引起大衝突，甚至舉槍互幹，因爲大家隨手都可拿到武器，一言不合就幹了起來。

這個炊事兵馬上跑回寢室拿了步槍再回中山室（也是餐廳）。「幹你娘！平時煮飯給你們吃已經不錯了，還嫌不好吃，你當我是圓山飯店主廚！」「碰！」就給了罵他的充員兵一槍，幸好只打到腳踝，生命無礙。其他人馬上做鳥獸散衝出中山室，各自就地掩護，炊事兵仍一個人持槍躲在中山室內呈對峙狀態、劍拔弩張、一觸即發。

一個士官長露出半身向他喊話，希望他放下槍枝有話好說，他回以一槍，貫穿左胸當場斃命。這時一個憲兵自認神勇無比，一手拿槍，以標準姿勢匍匐前進至一個離中山室不遠之小砂堆（戰備用砂），剛抬頭一探，只聽「碰」一聲，那個未戴鋼盔的光頭，上半就不見了！

這個憲兵原來在台北當兵也喜歡好勇鬥狠、惹事生非，他家人也有一點來頭，於是運用關係調動，讓他轉到比較單純的外島當兵，希望不要再鬧事，結果卻賠上一條小命。

又掛了一個。再也沒有人敢上前去追捕該兵，僵持不下，最後該兵攜槍開始亡命之旅，而拉開全島官兵雷霆演習之序幕。這時也正是我興沖沖地要到東林街一遊之時。

該兵被四面八方圍捕而遁入坑道，到處流竄，最後所有坑道出口全被封死，無處可逃，對峙狀況持續，卻再也沒人敢下去抓他，終於坑道內傳來一聲槍聲，大家不知所以。時間一分一秒的過去，最後陸軍官校畢業，原來前途無量之砲兵連長，眼見手下闖了大禍，自己燦爛前程大概也已報銷，如果不能戴罪立功，乾脆也給一槍斃掉算了！於是決定親自冒險下去一探究竟。

陳醫官向大家描述覆蓋在草蓆下的屍體。

后頭醫療單位官兵，後排右起林保豐檢驗官、筆者、陳守平醫官、陳昭榮牙醫官、蔡國成醫官、陳勝華牙醫官。

連長一手持槍在伸手不見五指的坑道中匍匐摸索，不敢拿手電筒，光線是射擊的好目標，終於在烏漆媽黑，滴水陰濕的坑道內摸到已冰冷的腳，該兵坐著以槍朝自己心臟開了一槍，結束了年輕寶貴的生命。

事情比較諷刺的是，據該兵屍體旁邊留下的一個彈殼、一顆實彈與中山室兩個彈殼、兩顆實彈研判，該兵對用槍是大外行。因爲M-1步槍是半自動，擊發後可以自動上膛，不必如九七步槍，每次擊發後要拉槍機，退彈後再上膛，他每次擊發後都拉一次槍機，因此就有一個未擊發彈跳出來，可見對使用槍枝是很外行生疏的。

還有更諷刺的是，他之所以當伙伕，就是因爲在新兵訓練中心時，打靶成績太差，而被調派至廚房，想不到那天卻彈無虛發、槍槍命中。值班陳醫官驗屍回來時，向大家描述覆蓋在草蓆下的屍體時不勝唏噓，我們幾位醫官聽後也頓感前途茫茫，看起來在前線服役跟成功嶺受訓是不一樣的！

漫長的一年血淋淋開幕，往後大家可要多保重！

衛生連運輸車。

前排左起陳守平、筆者、周泰二、林保豐、衛生兵。

【第三章】醫官不寫情書，營部好無聊

烈嶼（小金門）面積不到十五平方公里，有一加強師駐守，全島最大的醫療單位衛生連在后頭，負責全島官兵及民眾之醫療。連內與醫療有關的少尉預官共七人，包括醫官四人、牙醫官二人、檢驗官一人同住一碉堡，大家來自各地齊聚此荒島爲國服務，眞需要一點緣份。

幾個人很快打成一片，初抵小金門白天看病，晚上對岸的共匪經常砲擊，躲在碉堡，不敢出去，只好寫家書打發時間。在外島服役因屬敵前戰地，一切都是機密。信件檢查相當嚴格，隊部一再告誡不得這樣、不得那樣，這個不能寫、那個不能提，只能報平安，最好加上全身充滿戰鬥意志，隨時準備效命沙場爲國爭光。

既然什麼都是機密不能談、不能寫，那麼只好寫些風花雪月亂蓋一通。那一年畢業後暫時沒事又抽到金馬獎，兵役通知直接到壽山報到。當年國共對峙，金門邊陲仍有炮擊，戰火硝煙，家人憂心忡忡，想到此去一別，不知何時再踏上台灣，乃利用短短半個月時間與一位在畢業旅行中剛認識的女孩每天瘋狂郊遊。

老爸還特地把他每天上班用的石橋牌機車借給我，兩個星期內把所有一切拋之腦後，管它醫師執照考試或申請醫院，先玩再說。六十年代民風保守，兩人騎機車四處遨遊，這段往事對甫離校門的我來說已夠轟轟烈烈，永誌難忘矣！

前線信件檢查相當嚴格，上級一再叮嚀，違規輕者信寄不出去，重者洩密罪加身，軍法伺候。初到烈嶼與家人通信既然

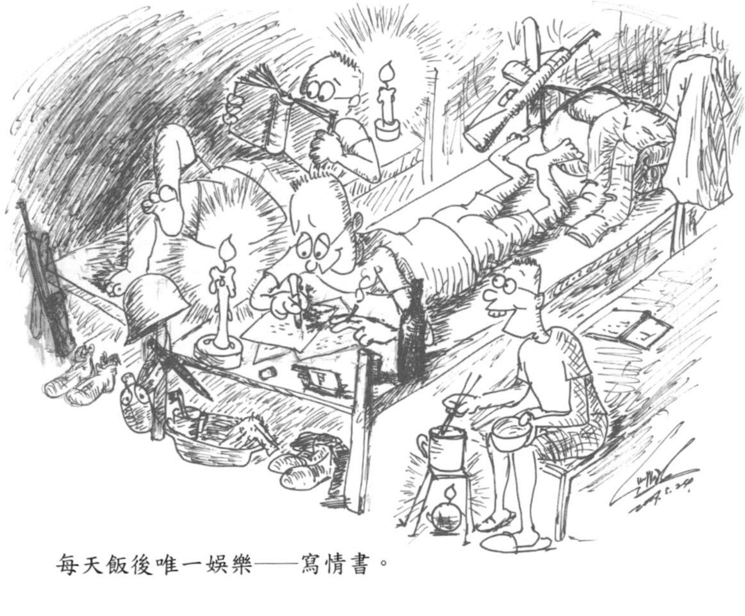

每天飯後唯一娛樂——寫情書。

什麼都不能寫，只能報平安，三、兩句結束實在無聊，風花雪月兒女情事與國家機密毫無瓜葛，應該沒問題吧！何況當時的那一段「情」還仍在心中激盪不已，一來爲了發洩感情打發時間；二來爲個人這一段偉大情史留下紀錄，於是馬上出去買了一疊信紙及複寫紙振筆疾書、欲罷不能。

每天飯後唯一娛樂就是寫情書，在前線寫信，別期望收到回信後再去信，對初抵前線者信件檢查特別嚴格，由連部、營部、旅部、師部，層層把關，深怕你心情不好、適應不良做出蠢事。因此信寄出由小金門、大金門到台灣就要好幾天，回信再經層層檢查送到你手上已經是十天半月後的事了。所以不能等回信，每天寫信寄出，回那一封任憑想像，更不能爲求快怕遺失而寄限時或掛號，那會更慢更容易遺失。因爲前線戰地草木皆兵，政戰官兵特別多疑，他們總認爲不平常就是有問題。

因此我不等回信，每日一封厚厚一大疊不間斷的寄出，每次我趴在床上寫信時，其他醫官看我用複寫紙繕寫還每頁編號，總會開玩笑「快可以出書了！」初到外島心情惡劣到極點，不想一些事打發時間發洩情緒，不瘋掉才怪，不過這本偉大情書在兩個月後驟然夭折。

有一天中午門診剛結束，正準備離去時，衛生營長司機匆匆忙忙跑了進來。

「又不小心中鏢了嗎？」

「醫官！你上次給我的消炎藥，事前一粒、事後一粒很有效，不會了！」

「如果不是爲了那種事，幹麼不按門診時間來看，偷偷摸摸的。」連上官兵如果上八三么中獎，通常都是私下治療較多。

「剛送營長去師部開會，順便帶回你們的信件，回來晚了一點，對不起！七八月醫官信件特別多！忙得便秘好幾天了。」

「小事情！服下幾顆藥就可以了，下不爲例，以後按時間來看病拿藥。」包藥的衛生兵已走了，我只好自己打開藥櫃找藥。

「醫官，你最近不太寫信了！心情很不好對不對？」

「嗯！」雖然逐漸在適應中，但每想到由十里洋場之高雄被流放到鳥不拉屎的后頭，

註

・衛生兵：在醫療單位服役的士兵。

由19師被補到58師我就一肚子火，這小子居然在傷口灑鹽，我懶得理他，我寫不寫信干他屁事。

「醫官，你最近住在愛河邊姓K的女朋友較少來信了。」

「慢點！你又不是高雄人，怎麼知道那女孩的地址是在愛河邊？」

「我當然知道。」看他一臉得意相而且笑得很曖昧，覺得話中有話。

「你告訴我，你怎麼知道的？我給你一種更有效剛到的新藥。」

「其實這也不是祕密，你跟那位姓K的事我們都很清楚。」

「我們？」

「是啊！營部所有的人。」

「營部所有的人？」

「你知道你最近較少寫情書營部無聊多了！」

「我寫情書跟你們營部有什麼關係？」

「醫官裡面你的情書內容最豐富、最有看頭，大家都喜歡看！」我感到一股熱血直往腦門衝，但仍用力咬緊牙關努力裝出心平氣和的樣子。

他有點得意忘形繼續說：「每次到師部拿回你們醫官的信，營輔導長先抽查幾封，將有問題的交給文書，抄錄重點，然後封好交到連部，連部文書再交到你們手上，你的去信跟來信都是列管必查的，每次有你的信大家都爭相傳閱。」我現在終於知道那香噴噴很有氣質的信紙上，爲什麼會有不搭調的油漬跟饅頭屑了。

我又想起一件納悶很久的事，K女某封來信，P.S. 曾提及我的信以訂書針封口感覺很不搭調。

「我最近收到一封信，上下兩邊封口用訂書機各釘四針，是不是你們營部幹的好事？」

「奇怪！文書抄完後通常會小心恢復原狀，再送到連部的，一定有人在文書封好後又偷拆開看，然後隨便用訂書機釘。」

「那也拆開一邊就可以了，何必拆開兩頭釘兩邊？」

「營部文書送連部時可能告訴連部文書那幾封比較精彩，他們又拆開看一遍，你知道文書平時拆信、抄信很無聊，很少看到內容精彩的，好康逗相報。」

我覺得太陽穴旁的血管搏動加速，有點要中風的感覺，我要給他的藥一顆可以軟便，兩顆可以輕瀉，三顆……我抓了一把包成一包。

「記住，晚點名以後一次全部和水吞下，明天還便秘找我算帳！」他沒注意到

「醫官裡面你的情書內容最豐富，最有看頭大家都喜歡看！」

我臉色鐵青，聲音顫抖，走前還回頭說：「醫官，心情放開點，多寫情書。」我抬頭望了一下值班表，今天周醫官值大夜班有得忙了！

我三步當兩步一口氣跑回碉堡，馬上集合衆醫官告以此事，請衆兄弟替我做主。

大家聽後幹聲連連，他媽的不絕於耳。高醫、台大實習的我及周醫官用幹的，三總實習的蔡與陳兩醫官用他媽的，八腳仔這太離譜了！「幹！蜘蛛標太過份了！」我們幾個醫官對抓耙仔政戰官本來就沒有好感，想不到他們竟然惡劣至此。

六十年代搞政戰的不可一世，其標誌包括陸軍之槍、海軍之錨、空軍之翼，上面再加一支筆，中間一顆梅花形如蜘蛛，我們幾個醫官都稱他們爲「蜘蛛標」或「八腳仔」。平時都敬而遠之。

大家開始發難數落營輔導長的不是，營輔行伍出身，長得高高瘦瘦配上一顆微禿但內容不多的腦袋，望之不似軍人，胸無點墨，腹無文章，講話娘娘腔卻特別喜歡演講，動不動就招集醫官做冗長的八股精神講話。

「看你們幾個醫官一付吊兒啷噹的樣子，皮帶扣也不擦亮一點，頭髮長了也不理，這樣子怎麼反攻大陸，消滅萬惡共匪，解救大陸同胞，想當年……」他口沫橫飛講了老半天，只是希望我們跟他一樣常理髮、常擦皮鞋、磨亮皮帶扣等等……他似乎有潔僻對儀容服裝特別挑剔，又負責思想忠貞考核，在醫官心目中特別沒人緣。但平時又不得不應付他一下。

大家上小金門幾個星期來蘊藏的種種怨氣如火山爆發，一股腦的傾洩而出。激情過後，怒火稍歇，開始討論處理方案。

「營輔有沒有隱疾？比如痔瘡！聽說偶爾會偷跑去八三么。」

「眞希望他近期內讓我們服務一下。」

「沈醫官！不論如何營輔是你的了！」

幾個醫官七嘴八舌終於做出結論，決定給予最嚴厲的制裁，由我執行，大家等著瞧吧！

第二天我抓了白袍披上準備接班，到了醫務室看到周醫官正在跟一位領掛蜘蛛標正襟危坐的中尉輔導長解釋驗尿結果：「白血球很多，發炎很厲害，需要積極治療，否則恐怕小頭不保……」

「這個病沈醫官最專門，讓他治療準沒錯！沈醫官，那就麻煩你了！」周醫官起身離去向我眨了一下右眼。

我接下病歷及檢驗報告說：「嗯！很嚴重！但有特效藥可以治好，不過就是打針時有一點痛，而且最少要打四次才有效！」

「革命軍人頭可斷，血可流，打針不過一點皮肉之痛算什麼？」他一臉凜然，挺起胸膛，一付天不怕地不怕的樣子，我很快寫下處方交給衛生兵。

軍中最常用的抗生素是盤尼西林，有水性、有油性的。油性的盤尼西林，常用於靜脈注射，打肌肉痛徹心骨，這是衛生連醫官對付看不順眼的病患，整人用的。我迫不急待地接過衛生兵裝滿藥劑的注射筒。通常肌肉注射是衛生兵的事，不過我怎麼可以錯過這個服務八腳仔的機會呢？

我拿起針筒往他那專拆信件細皮嫩肉的右手臂緩緩扎入，再慢慢推藥，我裝做沒看到

註

・八三么：是指軍中樂園，由中華民國政府在一九五〇至一九九〇年代設置，提供軍官與士兵性服務。

他咬牙切齒、扭曲變形的顏面肌肉。

「很痛嗎？」

「一點點而已，沒事！」他勉強擠出一絲笑容，口氣已不再那麼雄壯威武，他那瞪得大大的眼睛閃過一絲恐怖，他剛發現他低估了所謂的「痛」。

打蛇隨棍上。「通常怕痛沒有膽量的人，打一次後就嚇死了，不敢再來，輔導長下午第二針沒問題吧？」

「當然沒問題！」

「輔導長果眞是一條漢子！」我注意到他走出去時整個右手臂麻痺下垂，我緊咬嘴唇以免笑出聲音。

下午右臀那一針使他如瘸子般一拐一拐地跛著

兩個人共用了三條不到的腿，走起路來踉踉蹌蹌、東扭西歪。

醫官碉堡寢室門口。

醫官寢室內。

走回去，右手臂仍下垂不動，活像個中風半身不遂的病人。

第二天早上那一針本想打在左手臂，不過醫生要有醫德，處處要爲病人著想，考慮他上大號擦屁股不方便，於是改打左臀。正想看他如何走回去，不料，門外等候多時的傳令兵進來把他攙著出去。兩個人共用了三條不到的腿，走起路來踉踉蹌蹌、東扭西歪的眞是一大奇觀！

那天衆醫官聽我一番描述無不絕倒，慶幸天理得昭，大家紛紛想像四針打完後會是怎樣一個光景。我也從此不再寫信增添政戰官兵痲煩，家書改用明信片，大家傳閱方便多了！

以後不管那女孩如何來信，我再也不回信了！迄今，我不曾再提筆寫信。

【第四章】包皮大衣

衛生連是烈嶼全島最大的醫療後送中心，靠四個剛畢業的菜鳥醫官撐場面，負責全島民眾及58師官兵一萬多人之第一線及後送治療，相當於現今之醫學中心。

陳守平與蔡國成醫官畢業於台北醫學院，在三軍總醫院實習。我與周玄文醫官分別畢業於高雄醫學院及台大醫學院都在母校實習，在軍醫院及教學醫院實習所學的東西在外島很快分出高下。

軍醫院看病用藥與民間醫院有很大的差別，剛到外島，陳、蔡兩人駕輕就熟，而我卻覺相當生疏。幸好要來服役時帶了一些醫學書，邊看病邊查書互相請教，很快進入情況。不過手術方面就比不上陳、蔡兩醫官了，他們倆合作表演了一刀「精割包皮」手術，我與周醫官看得目瞪口呆，

我第一次看到這種手術欽佩不已。

在高醫實習急診刀很多，大都是開膛剖肚或鑽頭開腦之大手術，但割包皮、開疝氣、切闌尾這種刀幾乎絕無僅有、從來也沒看過。當年如不是重大疾病或大手術很少人會到大學醫院的。在開業醫診所就解決掉了，我想台大也是一樣。我當了幾次助手很快就學會了，他倆開了幾次以後失去新鮮感就把精割包皮之大任委託於我，忙著翻書準備更上一層樓開闌尾及疝氣去了。

前線戰備物質拮据，只能救急，對民眾只負責看病開處方不收費，民眾得自己到后頭村莊藥局買針藥，對官兵則一概免費。但手術只能救急，不可以做類似割包皮之手術，除非包皮引起阻塞發炎等等。但開了幾個以後，一傳十、十傳百，每天都有好多士兵排隊要求割包皮，很多人覺得當兵應該盡量撈本，不割白不割。而預官剛從實習醫生翻身爲主治醫師也躍躍欲試，急著練刀一顯身手，於是一拍即合，一個願打、一個願挨，各取所需。

陳、蔡兩醫官對割包皮已不感興趣，周醫官又矢志內科，整天抱著原文西塞爾內科學苦讀，許下宏願退伍前要從第一頁看到最後一頁，因此所有包皮都轉到我手上，熟能生巧愈開愈順手，也愈漂亮。包皮患者紛至沓來，盛情難卻。但割包皮不能占用門診時間，只能利用午休時間每日開五、六刀。

等著切小頭皮的阿兵哥一字排開，人手一支刮鬍刀在手術室門外樹蔭底下各自剃毛，等候傳喚，我在手術室內刀起皮落喀嚓喀嚓好不寫意。人生又開始變得有意義起來。

「包皮大師今天又剁了幾個小頭皮了？」「五十刀了吧？」每天晚上衆醫官都喜歡開我玩笑！

「到今天爲止曬乾的包皮已夠縫製一條皮帶，不過我希望退伍前集腋成裘縫製一件包皮大衣送給女朋友，既保暖又有意義。」碉堡內一片笑聲，洋溢著少見的歡愉。誰說當兵是全然無聊的。

阿兵哥人手一支刮鬍刀，在手術室門外各自剃毛，等候傳喚。

長官馬上把我叫去立正站好，狠訓一頓。

多行夜路必遇鬼，合該有事。那一天最後一刀，那小兵一躺上手術臺，就滔滔不絕，天花亂墜胡蓋一通。說他當兵前在台北演藝圈工作，認識很多大明星包括白嘉莉、冉肖玲等人，經常跟那些豔星們在一起喝酒作樂。他不久就要退伍，希望我退伍後到台北一定要去找他，保證找一票小妞陪我喝酒不爽不歸，還遞給我一張已寫上名字及電話號碼之紙條。蓋得我心猿意馬，腦袋裡只剩豐胸俏臀的白嘉莉。

那天下午六點多晚飯後，正躺在碉堡內抽菸，看著手中紙片上的姓名、電話，綺想著身邊圍繞著一群豔星的景象。突然衛生兵急奔而入喊著，「沈醫官，中午開刀的病人現在送急診，趕快過去看看！」我快步急奔急診室一看嚇呆了，從來沒看過這般景象，其陰莖如同茄子一般粗大、龜頭紫黑發亮，毫無血色的臉上已找不出中午手術時意氣風發的樣子。

如果那時有鏡子，我的臉色一定可以看出大概也好不到那裡去，趕緊召來所有醫官緊急會診，學到用時方恨少，四個菜鳥面面相覷，不知所措。人命關天只好上報連部。衛生連長軍旅出身對醫療完全外行，連忙再往上報營部，請求支援。

一個手術支援小組的少校醫官立刻趕

在搖曳的燭光下，我陪他在病房渡過一個終身難忘的夜晚。

到，看了病患一眼馬上把我叫去立正站好狠訓一頓。

「搞什麼鬼！那龜頭如果沒救起來而爛掉，我保證先剁掉你的老二，再送軍法審判，快去準備手術器械及腰椎麻醉！」

在手術室前。

那天晚上我當助手，看著少校靈巧地打開傷口清除血塊，找出中午開刀止血時疏忽遺漏的那條血管綁住止血，一氣呵成好不欽佩。其實這不是什麼困難病例，但對一個菜鳥醫官而言，已足夠嚇出一身冷汗了。

開完刀，少校離去前對我說：「注意！今晚你負責照顧他，直到他完全康復爲止。」那夜，在搖曳的燭光下，我陪他在病房渡過一個終身難忘的夜晚（后頭七至九點發電機才發電）。

那天的事在我醫生生涯刻下了一個永難磨滅

1. 一同出遊（1972／8／26) 左起周泰二、作者、蔡國成、衛生兵、林保豐（檢驗官）連部文書。
2. 右二起作者、陳守平、林保豐、周泰二。
3. 與陳守平攝於烈女廟旁。

的痕跡。我不斷地思考一個問題，醫學生畢業後在教學醫院須熬過四到五年才能升任主治醫師，但服役前線卻讓你一夕之間由懵懵懂懂的銀蛋（實習醫師）變成主治大夫。兩三個月來慢慢得意忘形，自以爲是差點闖禍，學海無涯能不深思。那件事後我被封刀，后頭衛生連也不得再從事非必要之手術，女朋友的包皮大衣飛了。

【第五章】酒王之王

「當兵使男孩變成男人。」我是否變成男人不曉得，可是當兵三個月來我卻知道我開始變成菸槍、酒鬼。忙碌了兩、三個月心情逐漸平靜開始接受現狀，不再怨天尤人，但也漸覺無聊起來。

初抵烈嶼，國共雙方單打雙不打，每逢共匪砲擊時常嚇得趕緊就地掩護，有時夜間冒死去東林看場電影回程忽遇砲擊，還曾跳到壕溝裡趴著，弄得灰頭土臉一身爛泥，惹來一群路過老芋仔訕笑。

兩、三個月來已能分辨是實彈或是宣傳彈、何時需躲砲彈。如果是先「碰」後「咻」一長聲，表示是彈片橫飛要躲。要是先「咻」後「碰」表

註

・老芋仔：隨國民政府來台的老兵。

忽遇砲擊，跳到壕溝裡趴著，惹來路過老芋仔訕笑。

示是砲彈已經飛過頭，不必理會。對砲擊感覺也逐漸麻痺而無動於衷。

有時電影結束已近九點，為了趕回連部晚點名，根本不理隆隆砲聲，彈片在頭上咻咻橫飛，照跑不誤，趕晚點名比生命重要。我不知道當兵是變成男人？還是蠢蛋？

五點多晚飯後到九點晚點是自由活動時間，躲在碉堡寢室除了七到九點有電，其他時間暗無天日，空氣不好、蚊子又多、蚊香又貴，我發現用香菸燻反而比較划算。當時服役配給一條莒光牌香菸三十幾元，一根菸合台幣一角多，外島另加長壽菸一條，菸盒上蓋有金馬勞軍字樣，聽說品質特佳是市場搶手貨。一條六十元，領到後賣給當地菸販九十元轉手間就可賺三十元。不賣的話，自己抽一個月共二十包菸，不變菸槍也難。

初抵烈嶼時餐餐都難以下嚥，外島因須存糧備戰，新米存著、舊米先吃，因此米蟲特肥且多。饅頭也是，望之作嘔。吃飯時匆匆比劃兩下有個交代，趕忙放下碗筷往村子食堂跑，比較節儉的醫官則在碉堡內以醫療用酒精燈煮雞絲麵。

后頭那一間小食堂，傍晚六、七點以後人潮開始聚集，經常高朋滿座，以老士官長居多，大碗喝酒大聲划拳，好不熱鬧。

註

・軍人分為軍官、士官及士兵三大系統，各司其職，士官又可區分為士官長及士官。

彈片在頭上咻咻橫飛，照跑不誤，趕晚點名比生命重要。

看他們大碗乾高粱，豪爽無比，這才叫喝酒。我吃宵夜時久仰金門高粱大名，怎可錯過，因此偶爾點一小杯高粱品嚐品嚐，漸漸地由小杯變大杯，以後乾脆買大瓶的在碉堡內喝。

剛到烈嶼，原以爲可以請假回台灣參加八月醫師執照考試，多多少少還啃一點書，等到四位醫官的請假單全被退回後，心情開始轉陰，無心讀書。夜間無聊除了撞球就是品酒，我收集小金門各類名酒，包括壽酒、大麴、高粱、五加皮等烈酒，以不同比例混合品嚐，擇優汰劣，經長期經驗累積，發現兩份大麴加一份五加皮很爽口，有大麴之勁也有五加皮之香，逐漸喝上癮了。

其他三位醫官似乎對酒都不感興趣只好獨酌，自得其樂，不知不覺中酒量變了。

軍中生活無聊透頂，芝麻綠豆都成話題，我喝酒之事逐漸傳開，幾個連上老芋仔居然下了一份「戰帖」要跟我比酒，這可新鮮了！我從未與老兵打過交道，大家河水不犯井水，怎麼找上了我？大家都曉得軍中有些老芋仔天天喝酒，醉的時候比醒的時候多，也沒人敢管，居然找上我了！少年不識醉滋味，自信滿滿，欣然應允，反正當兵嘛！大家都很無聊，要賭就來賭，誰又怕誰？

規則相當簡單，連上號稱酒量最好的兩名老芋仔一組，我與連部一充員士官一組，晚上七點在小食堂見面，一方喝多少，另一方跟著喝多少，同組人可代喝，直到一方擺平爲止，輸的一方買單。十幾年後我在《法櫃奇兵》這部電影看到女主角與一壯漢比酒，場景喝法居然一樣，只是兩人變一人，不禁啞然失笑。原來自古以來，東方西方，都有同好。

那夜我挑較貴的大麴，類似醬油瓶子裝，每瓶七百五十毫升，他們沒意見，自信滿滿。反正是對方付帳，酒越貴越好，雙方又各點了幾樣簡單的小菜，比賽馬上開始！時間只有兩小時，比賽須在晚點前結束。我們相對分坐一方桌之兩邊，擺上喝紹興用的小酒杯十個，一邊五個，一次倒滿，互相乾杯，再倒再乾，一來一往不到一個小時兩瓶空了，老芋仔果然名不虛傳，面不改色、談笑風生。

我的盟友滿臉通紅眼睛瞇成一線，在我的耳邊小聲的說他快不行了，我替他擋了幾杯，晚上八點多第四瓶也去了大半。大家敬酒速度也慢了許多，現在已不是先前一次五杯三杯的喝，而是一次一杯。我看兩位老芋仔猛灌白開水，企圖沖淡酒精濃度，看起來要分輸贏的時候到了。

我的戰友早已趴在桌上，掛了。我開始覺得有點頭暈想睡覺，這時，對方犯了一個致命的錯誤，也許開水喝太多膀胱發脹，他們互相扶持，搖搖晃晃，顛向廁所。我見機不可失，馬上把我方五杯酒倒掉換上白開水，大麴跟白開水外觀分不出來，等他倆回來一坐定，我說：「晚點時間快到了，該結束了！我先乾爲敬。」說時遲那時快馬上連連舉杯，一口氣喝掉五杯白開水，既生津又解渴，還不忘輕吐舌尖，舔一下上唇，讚嘆「好喝！好喝！」水當然好喝，喝姿看來神勇無比。趕快再倒滿五杯酒以免穿幫，兩位士官長眼睛瞪得好大，好似見鬼一般，各自顫抖著手極勉強的吞下眼前五杯，成敗在此一舉。

我不讓他們有喘息機會，再倒五杯，

「來，再乾五杯」。

「來！再乾五杯。」作勢要喝，其中一個老芋仔碰一聲，趴在桌上不醒人事。尚存活的士官長雙拳一抱說：「醫官，果然名不虛傳，我們服了！今晚我們作東……」

我扶了醉友，跌跌撞撞走回連部參加晚點，雖然搖來晃去，覺得「風雲起，山河動……」那首歌今夜特別長，仍很快樂、很有成就感的撐到解散。

離去時聽到連長問輔導長：「兩位士官長那裡去了？怎麼沒來晚點？」半個小時後，村民來報告兩位士官長在路旁戰壕內呼呼大睡，請連部派人處理。

第二天這個消息很快傳遍全連，有沒有傳出連外就不得而知了。以水代酒之祕密，直到退伍，除我外沒人知曉，我怕那倆位士官長知道了把我給宰了下酒。

一個月後某日晚飯後我至村內撞球，忽然連長傳令兵跑來說：「沈醫官，連輔導長找你有事！」還有什麼好事，我一路嘀咕地跟他回去見輔導長。

「醫官！臨時要拜託你出一趟任務，特殊任務，非你莫屬！」怎麼忽然那麼客氣。連輔是個大老粗，不過平常對醫官還不錯，不像營輔喜歡擺臭架子。

原來某村長新居落成請客，也請了幾位幫忙蓋房子的充員兵，不料其中一名酒量不錯，酒品卻不行，藉酒裝瘋賴著不走。村長在大喜日子不希望事情鬧大，期以最和平的方式解決，特別打電話給連輔指名要我去擺平他。這是我醫官生涯中所碰到最荒謬的「特殊」任務，軍令如山，不去也不行。何況閒著也是閒著，去見識一下高手，切磋切磋有何不可，敦親睦民是輔導長的責任，連輔指派吉普送我過去。

到達時村長迎在門前，「沈醫官，久仰大名，一切拜託了！」我感覺跟往診毫無兩樣。甫進門就聽到瓷碗擊地之碎裂聲，夾雜一些咆哮叫罵聲。一進大廳只見兩名充員兵蹲在地上撿拾碎片，酒席上杯盤狼藉，其他早已先走，只剩那位身材魁梧滿臉通紅的仁兄，以山大王之姿坐在上席叫囂著，「客人喝不爽！沒有誠意，再拿酒來！」我一打量這人已半醉，我隨便乾他幾碗高粱即可把他撂倒，不過這樣子太便宜他了，不耍他一下怎行！反正今晚閒著也是閒著，出完這趟公差大概也不必回去晚點了。

我一下就擬妥作戰計畫，我長相優雅、文質彬彬，戴上眼鏡更是一付文弱書生相，是比拳拼酒之最好掩護。我毫不猶豫坐上去！

「對不起！我遲到了！」他瞪了我一眼說：「遲到先罰三杯。」

「應該的。」我一口氣喝光三杯高粱酒，小 Case！我再倒三杯，「先敬你三杯，我先乾爲敬。」

「沒問題！」他一口喝下去，「好酒量！」我不忘誇他一下再倒三杯，「再敬你三杯。」我又以很瀟灑的姿勢一口喝下，他的目光露出一絲困惑顯得有點猶豫。不過在衆目睽睽之下，輸人不輸陣勉強吞了下去。

「再來三杯吧！」我不給他喘息的機會，「等一下，這樣喝太慢了，用碗喝！」

「奉陪！來乾一碗。」他以爲會把我嚇倒，門兒都沒有！「等一下，先猜拳再喝。」我看出他已不行，歹戲拖棚，圖施展拖延戰術。

還好這個月來交了不少老芋仔朋友，學了不少拳術，正想找人試拳祭旗，誰又怕誰！最少我今晚酒喝得比他少，腦筋還很清醒，小輸爲贏，只要猜拳扯平，他就虧大了！

果如所料，我一點一點地蠶食他，眼見他手指逐漸不靈活，出拳越來越離譜，心想是時候了，於是連續幹他幾拳，他引頸灌酒一不小心由椅子滑了下去，四肢張開軟綿綿的平擺在地上，一動也不動，臉色蒼白，我蹲下來簡單的翻了一下眼皮看看瞳孔，沒事！只是昏醉而已，你們可以把他抬回去了。

費了這麼大的勁才把他撂倒，這兵的酒量還眞不賴，我半途殺入，勝之不武，村長趨上前來雙手緊握著我的手說，「多謝醫官，連部的車子已在門外恭候多時。」

出門一看車上比來時多了幾個連上的衛生兵還多了一付擔架。「你們來幹什麼？」「輔導長怕你醉倒叫我們來抬你回去。」

「太小看我了！」其實我也有一點醉意，喝了酒少不了向小兵吹噓一番戰功。

回連部途中我一直站立於前座，左手扶著擋風玻璃，高舉右臂不停揮動，一路

「輔導長怕你醉倒，叫我們來抬你回去。」

昂唱軍歌自覺如百戰榮歸之將軍，接受兩旁群眾熱烈歡呼，雖然那只是路旁兩排在月光下、微風中搖曳的木麻黃。

註

・充員：當年兩岸對峙，情勢緊張，每個非大學畢業的男性都需要到部隊服役二到三年，叫充員兵。俗稱充員仔。

滿是瓊麻的某陣地，烈嶼處處可見此植物，後排右二為筆者。

跟我比酒的兩位衛生連士官長。

【第六章】冒死遠征大金門

初到烈嶼，想家想得特別厲害，心理調適有點困難。不過八月有醫師執照考試，聽說是外島請假回台的一個好機會，四個醫官興沖沖地送出請假單也努力準備考試並且互相鼓勵，心中默禱能夠多准幾天，早日回台看看以解鄉愁。

美麗的希望並沒有存在多久，四人的請假單很快地全被打回票，理由是剛到外島請什麼假。大家心情再度跌入谷底。

在前線這種地方，想家苦悶鬱卒而導致的精神官能症是相當普遍也是我們門診常見的症狀。那一天門診，一個空軍連的士兵又再重覆那些症狀，除了沮喪、全身檢查都無任何異常，他一再要求我出一張證明讓他回台灣，「嘿！兄弟，我醫官想家想得比你厲害，能出證明回台灣我早就回去了，我開的證明權限只能准你在連上休息，

回台灣是天方夜譚，免談了！」這種事情每天門診一再重演，早見怪不怪了。

那天晚上，全連正在醫務室門外的連集合場晚點，剛唱完「風雲起，山河動……」連長還在訓話，一輛吉普車嘎然停住，以擔架送來一個全身焦黑腫脹、面目全非的燒傷病人，剛好放在連隊前面。

忽然間「碰」！「碰」！幾聲，衛生兵倒了五六人，連長見勢一驚趕快停止精神講話，解散隊伍，大家分別急救病人及自己人去了。四個醫官不約而同一個箭步衝向那病患，倒在地上的衛生兵只不過是暫時驚嚇休克，就讓其他衛生兵去處理了。

這些衛生兵平時的訓練只有擔架操，提著擔架操練齊步走、前後左右轉，根本沒有醫療救人之經驗，一旦打起戰來根本派不上用場。莫說要救人，看到那些斷手斷腳血淋淋的場面，自己能先不倒下已經不錯了。

那個病患以汽油澆身，然後點燃「轟」一聲，全身百分之百燒傷，體無完膚，從那兩片又腫又脹的嘴唇間，斷斷續續地發出很清楚的「幹」聲，這影像配合幹聲及身上發出的烤焦味在昏暗的月光下顯得特別恐怖，怪不得馬上擺平了連上一群身負救人重責的衛生兵。

幾個醫官馬上施展所學，切腳踝靜脈血管，上點滴輸液、處理傷口，各個按部就班，顯然對處理燒傷都頗有經驗，一點也不含糊。全部急救過程一氣呵成，大家都頗有成就感，一下子又有回到家，在大學醫院的感覺。

這時衛生兵送來病歷，「沈醫官，這是你今早門診的病人。」原來是向我要請假單回台灣的那空軍小兵，怪不得這麼奢侈用汽油淋身，在外島汽油奇缺，管制相當嚴，屬於貴重物品，但空軍卻似乎有用不完的汽油，有時衛生連救護車缺油，其實是連長吉普車，還得請他們看在醫病關係上，私下施捨一點。

在急救完畢後，連長趨上前來問，「醫官，怎麼樣！能不能救活？」衛生連長行伍出身，身材圓滾，醫官戲稱「蟾蜍」是典型官僚，他最關心的是病人會不會死在連上，四個醫官搖搖頭異口同聲，「不可能！」「那趕快後送！」記得七月剛到小金門時一輛卡車翻覆，一個胸部壓傷士兵呼吸困難被送來急診，我們幾個菜鳥醫官七手八腳檢查後懷疑是氣胸或血胸需緊急處理，但連長也問，「會不會死？」我們回答是，「不好好急救很可能死！」

連長也是急忙後送，到現在我還常常在想那個小兵的命運，他能在尚義醫院接受最妥善的治療嗎？會不會在送大金門途中半路呼吸困難死去？那就太冤枉了。他家人日後如果知道眞相，不跳腳罵死才怪。

不過人在江湖身不由己，當兵越久知道的事情越多，你更了解人命在前線多麼賤，而且不值一毛錢。後送病患至大金門尚義醫院在白天是小事一樁，只要聯絡好交通船一送就成，但晚間問題就大了。因爲九點以後全島戒嚴，交通船停開，船隻進出烈嶼必須特別申請。

折騰半天，師部來電決定後送，「哪一個醫官要送他到尚義醫院？」連長突然有此一問，我們四個醫官面面相覷，無人答腔，連長以爲我們無此意願，於是再加上誘餌，「到大金門明早可以順便玩一天，下午四點多搭最後一班交通船回來即可。」我心想這太棒了，不過似乎其中另有玄機，因爲還是沒人要去。

連長最關心傷患會不會死在連上。

「沈醫官，你不是很喜歡到大金門，去看一看嘛！這個光榮任務就非你莫屬了！」一個醫官說完，另一個醫官再補一句，「對了！何況你還是看他門診最後一次的大夫。」連長打蛇隨棍上，「就這麼說定，沈醫官就是你，趕快準備，馬上出發。」革命軍人出差一天有什麼好準備的？跑回碉堡拿了件夾克就上路。

一路上我滿肚狐疑著，明天不用看診又可以遊覽大金門，這麼好又求之不得的任務，居然大家推來推去沒人要，很奇怪？其中必有緣故。我跳上救護車，坐在離那躺在擔架上仍然幹聲連連的小兵最近的位子，車子馬上出發，我心中那疑團很快得到答案。

車子一出發馬上就知道，在前線戰地送一趟病患工程有多浩大，且感受到其恐怖之氣氛。在前線九點晚點以後戒嚴，人員、車輛禁止通行，明哨、暗哨盡出，對不明人員或車輛可以格殺。車子在黑漆漆的小道顛坡緩行時，不時突然有人竄出舉槍喝令停車問「口令」，眞是三步一哨五步一崗，由后頭到碼頭前後通過不下二十關。當然出發前師部已通知本車所將行經路線的所有崗哨，我在想萬一有哪個崗哨通知漏掉，以爲我們闖關而補了我們一槍，這不知是何景象？

車到九宮碼頭已有馬達啵啵作響的小漁船在等待，這跟我想像有點不同，原先還以爲

是派軍艦來接，我還在懷疑這小漁船怎麼放置擔架。船長與軍方負責人間似乎有一些爭執，最後，一群人上車來，手忙腳亂地將病人連同擔架抬下車，放在另一艘船首以繩子與漁船尾聯接的小艇上，我手拿著點滴緊跟著他們。看著他們這樣運送病患，心裡湧起一片寒意，人命在前線實在太不值錢。

這時一個看起來是碼頭負責人的軍官走向我，我問：「點滴怎麼辦？」

「當然是你提著了。」

「我不是上那船的嗎？」我指著漁船。

「喔！不！你跟病患同在這一船，船長認爲人死在他船上不吉利，堅持不讓傷患上船交涉無效。」

聽完我差點昏倒，這小艇就像台中公園裡讓一對對情侶划著划著、打情罵俏的小艇，可以在海中行駛，而不翻覆嗎？艇上平放著一付擔架，都嫌太擁擠，還要我手提點滴瓶，坐在船頭，這太誇張了吧！難道死一個不夠，還要湊一雙？無奈軍令如山，毫無商榷餘地，硬著頭皮上陣總比敵前抗命被槍斃好太多了。

不知是否是安全理由漁船上沒有開燈，我們小船上更不用說了。在一片黑漆漆的大海洋中搖晃浮沉緩慢行駛，只見船長以手電筒不時向岸上發出信號。我極目四望，看到岸上不時出現一閃一閃的燈號，忽然這邊，忽然那邊到處都是燈號。可能是在查驗我們這一大一小，一前一後，兩艘不打燈，踽踽緩行的船艇是何方神聖、是敵是我，我分不清哪一邊是金門，哪一邊是中國大陸，船長不停地忽向左，忽向右，忙著回信號，我在小船上只覺得四面八方都在閃燈，深怕萬一共匪或我軍哪一個傢伙誤解了燈號給了我們一砲那就慘了。

我坐在顛簸不已的小艇船首，面向病患，除了偶爾回首看船長忙著以手電筒打信號外，一動也不敢動，我一手提點滴另手抓住連接漁船的繩子，全身肌肉緊繃，處於備戰狀態，深恐小艇隨時翻覆。對我這旱鴨子來說，緊抓繩子爬上漁船是不葬身金門灣魚腹之唯一機會。

我常在想，在這樣月光披灑下的海上坐著遊艇，而不是搖搖晃晃的小艇；面對著唱情歌穿著白色比基尼的漂亮小姐，而不是神智不清全身腫脹喃喃自語、呻吟聲夾雜幹聲、紗布滲血，奄奄一息的痛苦肉體，在帶鹹味的海風吹襲下，飄來一陣陣 Bar-B-Q 沙茶烤肉味，而非燒焦的人臭味，那會是何等愜意的情境。

好不容易船抵大金門，馬上轉搭救護車直奔尚義醫院，急診值班醫師剛好是我同學曾貴海，穿著筆挺的白衣，馬上將一息尚存的病患交給他們處理。剛在匆忙中辦完交接手續病人就在「幹」聲中嚥下最後一口氣。折騰了一夜，結局竟然如此，不知所爲何來。

海仔問我，「已經一點多了，哪裡睡覺？」

「不曉得。」

「今夜我值班，寢室借你。」

海仔帶我走過一條日光燈照射之下，明亮刺眼的走道，但忽然間我發現了一件

一手提點滴，另手抓繩子，深恐小艇隨時翻覆。

我的目光隨著款款而行的護士轉動，好幾次差點摔倒。

更光亮的東西，我失聲叫出，「護士小姐！你們有護士小姐？」

小金門只有衛生兵，才離開臺灣三個月，想不到我反應如此激烈。不知不覺地我的目光貪婪地隨著那些身著白衣扭腰晃臀、款款而行的護士轉動，好幾次差點摔倒。

「沈仔，怎麼變得這麼豬哥，你以前不是這個樣子的！」我自己也不曉得。海仔帶我到他的寢室然後走出去。

我發現他桌上有一盞日光燈，我愛不釋手地撫摸著，忍不住一再把玩開關按鈕，燈一亮一滅不知玩了多久，想到后頭每日發電兩小時，在陰暗潮濕的碉堡內看書寫字都要在搖曳的燭光下進行，不禁悲從中來，只覺

眼眶發熱視線模糊。

海仔走進來遞給我一杯熱騰騰香噴噴的咖啡，「要不要加糖或奶精？」我再也忍不住了，我聽到了內心深處的吶喊，「天堂就在這裡。」

那一夜我輾轉反側，感嘆「人生際遇、天壤之別」不能入眠。第二天海仔仍要上班，我只好一大早就拜別尚義隻身外出流浪去了。

本決定好好利用冒死掙來的半天假期在大金門觀光一番，不過經過一夜折騰，又因觸景傷情，遊興大失，加上非星期假日街上行人稀少，一隻孤鳥在金城街頭閒蕩，實在味如嚼蠟，又不甘心提前回衛生連。

我忍不住一再把玩開關按鈕，燈一亮一滅，不知玩了多久。

離最後一班回小金門的交通船開船時刻還有一段時間，只好在看場電影後找了家小吃館溫了一壺陳年紹興，配幾道小菜，獨酌自飲、消愁壓驚，想起三個月來之人生起伏，峰迴路轉，唏噓不已。未來九個月不知又有何遭遇，前途茫茫，大金門也不再具吸引力了。

帶著微醺走出餐館，匆匆走到街上買了一些貢糖，帶回后頭答謝衆醫官禮讓我出這一趟亡命公差，並當下決定寧可被槍斃，也不再出這種恐怖死亡任務。

衛生連醫療單位官兵在門診部前，左起四為筆者，六七為連長、輔導長。

【第七章】初訪八三么

「東林茶室」俗名八三么，爲解決小金門全島官兵之重要問題而設，內有女人六到七人，每個月每個女人局部重要裝備都要接受檢查，結果有問題，就必須停止服務官兵。這個重任就落在后頭我們幾個菜鳥醫官身上，比起出差驗死屍，這驗活身之事就顯得趣味許多了。

第一次奉派出差的是牙科出身的陳醫官，回來時他巨細靡遺地描述了當時的情況，大夥聽得津津有味，笑成一團。其中印象最深的是那些女人接受檢查時躺下、脫褲、張腿等動作一氣呵成，比一眨眼還快，陳醫官對各個女人內褲之形狀、顏色、床頭佈置情形更描敘得天花亂墜，幾個聞風而來的門診衛生兵聽得張目結舌，直嚥口水，欽羨不已。「醫官，有夠好命！可以慢慢欣賞美景！」

「少見多怪，我們在醫學院婦產科實習看多了，不稀罕！想看還不簡單，一票才十幾塊錢。」

「醫官，那可不一樣，上八三么進去匆匆，出來也匆匆！什麼也看不到！」說的也是。戰地前線兵多女少，肉體交易爲求效率，當然速戰速決，有時還不覺得開始就已經結束了，根本不可能看到什麼，哪容你細細品味，慢慢蘑菇，更遑論欣賞那方寸之地。怪不得很多小兵玩了很多次，對桃花源洞仍然緣慳一面，諱莫如深。

「講來天就黑一邊。」一個充員衛生兵忿忿不平地說，「上週我進去辦事時，三號小姐躺在那裡一動也不動，還邊剪指甲邊催我快一點！」另一個充員兵先幹一聲再說，「你還比我幸運太多了，上次我在上面幹得滿身大汗，六號小姐躺在床上聽〈誰來愛我〉、看瓊瑤小說，偶爾還漫不經心的問我好了沒有。」下次檢查就輪到我了，眞想趕快去開開眼界一探究竟。

說眞的，不到小金門可還眞不得有機會公然上紅燈戶晃蕩。那一天出發前正準備玻璃片（抹片用）、鴨嘴（陰道擴張器）等等檢查用具，一個衛生兵鬼鬼祟祟，幾度欲言又止，殷勤不已地隨侍我左右，我見他舉止異於尋常，「喂！你又中鏢了嗎？又要打消炎針了是

不是？」「醫官，不是那件事！」「還有什麼事？有屁快放，我要趕去八三么。」

八三么，九點開始營業，如不早點去作抹片，等營業開始後再去，取回來之樣本保證充滿著不同基因，無數活生生、搖頭擺尾、迷失方向、無家可歸的小蟲蟲，看了不把早餐的饅頭吐出來才怪！

他終於鼓起勇氣嚅嚅的說，「醫官，我昨夜值班，今早沒事，等下去八三么帶我進去好不好？」原來如此，怪不得連續這幾天晚上我喝睡前酒時常送來一包花生，讓我下酒。八三么把關甚嚴，除非領掛小鳥牌之醫官，閒雜人等豈容瞞混進香閨，欣賞山巒春色。

我在上面幹得滿身大汗，小姐躺在床上看瓊瑤小說。

「怎麼可能？」「醫官一件白衣服借我穿，我跟著進去。」這個衛生兵，憨頭憨面，竟然窮極無聊、異想天開，以為披上白袍就可冒充醫官，當個剃頭小廝還差不多！不過當兵嘛！不搞個什麼花樣，日子實在難挨。於是我當下決定帶他同行，最少有人當副官提公事包，走起路來也較威風一些，雖然他的長相讓我失色不少。

「聽著！去八三么時緊閉尊嘴，老鴇問話，一律由我回答，為突顯你的重要性，東西全部由你提。」他點頭如搗蒜。

看他充滿期待一付色瞇瞇的樣子，我一路反覆叮嚀，「注意聽著，等一下在房內檢查時記得拿好手電筒，站在我後面打光，靜靜的看，不得出聲，不要看得太沒水準而露出破綻，被小姐轟出去！」他一付唯唯諾諾的樣子，不過我很懷疑他的心還在身上。

我拿了件短白上衣給他披上，「注意，要表現得很有氣質的樣子。」話雖這麼說，可是我相信這是不可能的。吉普車送我們去八三么的一路上其實我心裡也充滿尋幽探勝，極其興奮的心情，但當醫官的卻得處處顯出不平凡，喜怒不形於色的樣子，以免部屬信心動搖，失去崇拜之意。

車抵八三么，老鴇恭候於門口，馬上迎了上來，老江湖眼尖的他馬上發現多了一個不搭調的仁兄，「醫官，這位是？」「喔！是這樣的，上次陳醫官檢查的五號與七號有點問題，這次要再詳細檢查複驗，因此帶助手來幫忙。」他半信半疑，不過聽說幾個姑娘有問題，話中有話、語帶威脅，這玩笑可開不得，有問題表示小姐要暫停營業、不准接客，不僅小姐、老鴇收入無著，國軍官兵宣洩管道頓減，氾濫成災、茲事體大、不可兒戲，老闆當下立陪笑臉，「是！是！醫官您請上坐！」立即叫衆小姐準備，並雙手奉上香茗一杯。

在軍中有權就是大爺，屢試不爽。這

檢查時，偶而還得推他一下，以免口水滴到我身上。

些只有號碼，沒有姓名，不知來自何方的小姐們一個個進來內診，做抹片檢查，大部分都還有點羞澀靦腆的樣子，不像衆恩客火山孝子們描述的一付趕鴨子上架、急著辦事，窮兇惡極的樣子。有幾位進來時還細聲向我說：「醫官，請手下留情。」別想歪了，不是愛情的情，是叫我不要打「×」的意思。

我坐著檢查時，後頸不時感受到我後面那位仁兄急促而且熱呼呼的吐納之氣，偶爾還得以手肘往後一肋，請他勿太靠近，以免口水滴到我身上。想著她們幾位小姐，只有號碼沒有名字，就像集中營內的囚犯，要服務全島58師一萬多名英勇的國軍官兵，天南地北、不分出身，老少不拘，來者不拒，能不得性病者幾希矣！但是想要在檢查表上打×的手卻有點軟弱。回程我沒有來時的興奮。只覺沉重。

【第八章】血腥十月

「沈醫官，救救我！」

欣逢十月，來小金門已近四個月，生活起居逐漸習慣，危機意識也逐漸麻痺，對共匪砲擊再也沒有反應。砲彈爆炸聲，只不過是較高分貝的屁聲，不再因砲擊而驚慌失措，或撲倒或掩避。十月，對兩岸來講都是偉大的！因爲我們國慶他們也國慶（十月一日），普天同慶，但砲擊卻似更形激烈，砲傷事件時有所聞，印象最深刻的有兩樁。

某日晚點剛結束，一民婦全身血淋淋的被抬入急診室，我急忙趨前救治，「怎麼回事？」這民婦一聽到我聲音睜開眼看著我，沾滿鮮血的雙手，突然緊緊地握著我的手，「沈醫官，救救我！」聲音好熟。

「天啊！是妳！」在后頭爲烈嶼民衆免費看病，只開處方不給藥，病人拿處方到后頭唯一的

后頭衛生連標榜親切熱情。

與后頭衛生兵合影。

西藥房買口服藥或針劑，衛生兵免費爲他們注射，爲老闆帶來一筆不小的生意。爲了感恩，初一十五，拜拜過節，藥房老闆夫婦都會燒幾道可口小菜，請我們四位醫官到他們家喝酒打打牙祭，因此互相都很熟，躺著的就是老闆娘。

人在家中坐，禍從天上來，躲也躲不過。她在家中盤點藥品突然彈片橫飛，一塊打在後頸部，另一塊將右下肢膝部以下切斷不見，血流不止。想到幾天前才在她家喝大麴，不亦樂乎，而今卻只能一面救治一面安慰她，「不幸中的大幸，彈片卡在頸椎沒有傷到脊髓！」雖少了一腿，但仍活了下來。不知她現在仍安好否？

另一日也是晚點時分，兩位昏迷軍官一起被送來急診（砲擊通常是晚上八、九點活動時間），一個中校營長、一個少校作戰官，兩人正在營部閒聊隔日搭機回台渡假之事，忽然一個砲彈打來在營部門前爆炸，兩人都是頭部受傷，營長較嚴重，腦袋各一個大洞，腦漿、血水汩汩流出，兩人都昏迷不醒，病情相當嚴重，只好後送台灣。

第二天一早剛好搭乘原定飛機回台，不同的只是平躺著回去，凶多吉少，生死難卜。外島戰地服役，除了砲擊以外，因爲大家精神苦悶，緊張失常而互相殘殺、誤殺之意外事故時有所聞，只有活的才會送到衛生連急救，鮮血淋漓的場景看太多，頓覺生命何等脆弱，請假國考，申請醫院俱屬等閒，能夠四肢俱在、五官健全，活著退伍就已經謝天謝地了。

在空飄站，右起三為筆者。

在烈嶼最靠近大陸的湖井頭，施放空飄物資及宣傳品至大陸，筆者前排左起三。

【第九章】別了！衛生連

十一月已入冬，小金門已有寒意。感謝我們醫療照顧的民衆時常進貢一些肥碩的黃魚及上好的壽酒，有時醫官們自己湊錢買，請伙伕烹調。晚點後在陰暗的碉堡內，點點晃動的燭光下，佳餚配美酒，杯觥交錯，暫解憂愁，不亦樂乎。

小金門的生活已然習慣，並且從中發現趣味開始甘之如飴起來，這時卻有未經證實的謠言傳來，醫官將有調動的消息，衛生連要派出兩人支援大二膽，四個中兩個，中獎率百分之五十。希望那只是傳言不是眞的，說眞的！你去我留，人不自私天誅地滅，醫官間似乎已有些許陰影，管他的！先斟酒喝他幾杯再說，當時我常在想，應該不會是我吧！

打從壽山報到至今霉運連連，以或然率算來總該有點轉機了吧！何況我原不屬於58師，是借調支援的身份，算是客人，總不至於是我吧！十月底蔣總統生日，佈置壽堂時，我在連輔導長及衆衛生兵前露了一手絕技，不打草稿，臉不紅、氣不喘，一筆畫下一個丈八高的壽星配上祥鶴及花鹿，掛在中山室讓衆官兵膜拜，連輔大開眼界讚嘆之餘，請我務必在元旦時再替連部揮灑幾筆，增添光彩。

十月兩岸同賀國慶，大街小巷張燈結彩，貼滿慶祝標語，連部少不得要繪製海報應付應付。在台灣每看到一些節慶海報就心中有氣，在小金門更不用說了，八股迂腐，慘不忍睹，說實在的，你叫連輔長這種老芋仔要做出什麼高明海報，那真是緣木求魚。

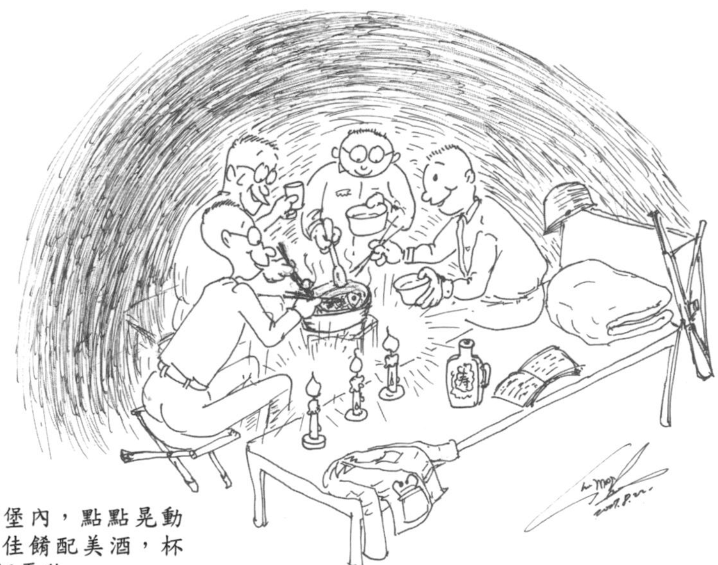

在陰暗的碉堡內，點點晃動的燭光下，佳餚配美酒，杯觥交錯，暫解憂愁。

我在學生時代就是繪畫高手，舉凡校內慶祝活動、大型舞會、禮堂佈置都非我莫屬，看了衛生連胡亂拼湊、迂腐八股的國慶海報，乃狠狠地批了一下，連輔長由我人事資料得知我是箇中翹楚，於是三顧臥龍居（醫官碉堡寢室），請我高抬貴手佈置壽堂。看在連輔導長的誠意，反正閒著也是閒著，於是小試了牛刀一下，就已經造成轟動，連長及連輔應當還記得吧！

一筆畫下一個大壽星，掛在中山室讓眾官兵膜拜。

服役那一年眞是霉星高照，什麼爛事都會落到我身上，人事命令發佈結果是台大出身的周醫官支援大膽，我二膽，兩位非軍醫院出身的難兄難弟齊赴地獄，周醫官矢志內科，整天抱著原文西賽爾內科學不放，他發誓在退伍前要把十多公分厚兩千餘頁的內科聖經一頁頁一字字地看完。

接到人事命令只是輕描淡寫一句，「只要能看書到那裡都一樣，死不了的，不過老沈哈死了，二膽島禁酒。」二膽島一個加強連駐守，原只配有醫療士官長一名，無醫官。上一師發生了一件意外，一個班長半夜起來查哨，哨兵一看人影晃動，馬上就賞一槍，二膽在最前線屬敵前戰地，小金門在二膽看來，只能算是後方，站衛兵都是實彈上膛，沒有口令，因此根本無所謂查哨，也無人敢查哨，見可疑事物馬上賞一槍，可憐這個當兵做信用的菜鳥班長腹部挨了一槍，被送到衛生單位由士官長診治。

二膽孤島對外並無任何交通，人員受傷後送相當麻煩，須由大小金門派船來接，夜間又有共匪砲擊，因此除非相當必要，都須等白天再議，當上級來電士官長查詢狀況時，士官長答，「看起來傷口小小的，好像不太嚴重，還能講話。」於是上級放心，等天亮再說。士官長也陪他聊天至天將破曉時，突然一命嗚呼，死因是腹部內出血，休克致死，相當冤枉。

輕聲細語，笑起來有兩個酒窩，來收洗衣服的阿蘭、阿秋兩姐妹花。

事後檢討也無法怪罪士官長誤診，他多年轉戰大江南北，兵敗轉進來台，平時擦擦紅藥水、包紮小傷口尚可應付，遇到真病，沒有受過多少訓練，當然束手無策，他怎麼知道人休克時神智還清楚的，士官長無罪開釋，但上級馬上決定以後二膽島必須有醫學院醫科出身的預官駐守，我的宿命於焉決定。

我沒有周醫官那麼灑脫，想到在后頭四個月來，已逐漸擺脫思鄉情緒，接受在此荒島消磨一年之宿命。剛開始適應，並配合此地生態逐漸發展出一套特殊生活模式時，又要離開此地到另一個前哨中的前哨、離島中的離島，實在心有戚戚焉。

想到要去一個面積零點二八平方公里，浮出於廈門港外光禿禿的大岩石上，無電、無水、無酒、無女人……什麼都沒有，除了一連大頭兵，我開始懷念起小金門的種種，后頭那充滿香味的小吃店、香菸裊繞的撞球間，輕聲細語，笑起來有兩個酒窩，來收洗衣服的阿蘭、阿秋兩姐妹花。人總在面臨失去某物時，才忽然發現其珍貴。

註

・伙伕：在軍隊的廚房裡，負責做飯的軍人。

在湖井頭，筆者右一。

在后頭民宅前，右起三為筆者。

在阿蘭阿秋兩姊妹家門口，前排右起陳昭榮、林保豐、筆者。

【第十章】誓師二膽

十二月我到五十八師第一旅第二營第二連報到，他們把我安置到營部與作戰官後勤官等人同住，在后頭整天除了看病，生活起居都與其他三個醫官、兩個牙醫官、檢驗官在一起，互相討論切磋醫學或嗝屁打混，感覺就像在醫院裡一般，除了穿軍服住碉堡，現在突然置身於一群職業軍人之間，我與他們出身背景、所見所聞完全不同，被教導來救人的醫生與被訓練來殺人的軍人同處一室互相好奇，這眞是一個挺新鮮的經驗。

從與他們聊天中，我漸漸瞭解此行之編制及任務。原來第二營第二連是所謂加強連，共有弟兄二百人，是由全營一千多人所精挑細選出體格戰技最優秀的士兵，每人都經過詳細身家調查，無不良嗜好、無不良前科、退伍日期在一年以後。

因爲在二膽除了移防沒有人能離開，被選上

的職業軍官更倍感榮幸，因爲軍人的生命在最前線，在槍林彈雨中才顯得有價值有意義。去了一趟二膽回來可晉升一級，因此職業軍官莫不卯足全力，去爭取這個畢生難得之榮譽。

但對預官卻是夢魘，我不確定榮膺二膽重任，是否與我不是國民黨員有關，想起當年在成功嶺，連輔在上完晚課後，在大家經一日操練，早已疲憊不堪，睡眼惺忪時，突然以很感性的話，關心起我們的生活起居，然後，每人發一張入黨申請書，叫大家在上面簽名，簽完名便可回寢室早點休息，不想入黨者將申請書交到前面，全連只有我傻愣愣地拿到前面交給輔導長，連輔當場翻臉，當著全連大聲問我。

「你愛不愛國父？」

「當然愛！」

「你愛不愛蔣總統？」

「當然愛！」

「那你爲什麼不加入他們創建的國民黨？」我當場語結。

那夜我被當衆羞辱再三。爲此我在成功嶺，付出了不少代價。幾次休假，棉被、槍枝檢查都不及格，罰禁足，留營掃地、鋤草。站衛兵總是半夜，每次公差都剛好輪到我。

以後才得知，如果不想入黨，只要把申請書搓成一團，擤鼻涕或擦屁股都可以，千萬不要當場交上，自取其辱。後來聽說服役金門前線者以非國民黨員爲優先，當然二膽這偉大任務，更不用說了，至今我仍一直有此懷疑。

還有一個祕密，戍守在第一線的官兵以旱鴨子爲優先，因爲二膽就在廈門口，近在呎尺，一水之隔，隨便一游就到對岸，怕你一下子想不開向中國大陸投誠，那整個部隊就慘了。

我忽然想起在抵達后頭的第一晚，連輔馬上分發一張調查表請每人寫下最長游泳距離，我在高雄中學的游泳池使盡力氣也只能來回游三趟，於是寫下七十五公尺，其他醫官最少寫三千公尺，最多寫五千公尺，嚇死人！我問他們是否都是游泳選手，他們笑得曖昧但不答腔，莫非……

他們還說，我的副手姓童是一位相當盡忠職守負責任的好士官長，我急於想會會這

未來幾個月都將與我共同生活的一個老芋仔。一踏進醫務室，一個蹲著正在爲一小兵擦藥的士官長馬上起立立正，並向我行了一個很標準的軍禮，我自服役以來，在后頭與醫官、衛生兵在一起都是無拘無束、嘻嘻哈哈從沒有下屬對我這樣子行禮過，他的手一直舉著，我一怔差點忘了回禮，說實在我恨死了行軍禮，上成功嶺時，教育士官長在放假外出時，一再恐嚇我們見到階級較高者一定要行軍禮，否則以後禁足。

當年我是全中華民國最低層的二等兵，嚇得我在台中街頭看到穿制服的都猛敬禮，連警察都被我敬得莫明其妙，以後放假乾脆躲進電影院內看電影，從早場開

士官長馬上立正，並向我行了一個很標準的軍禮。

始每天趕四場，好在台中電影院每一家都靠得很近沒問題，吃飯在戲院內買個麵包解決，省得在街頭杯弓蛇影到處敬禮。

他身材瘦小不到一百六十公分，年齡大概兩倍於我。從他刻滿歲月痕跡的臉上可以看出老芋仔士官長的共同點。他們飽經烽火，戰亂流離，卻對反攻大陸解救同胞深信不疑，從他言必稱「報告醫官」一板一眼的動作，我發現我倆個性截然不同，我希望未來我們能相處愉快。

盲目的等待是很痛苦的，衛生室都是一些擦傷、感冒等小病號，士官長就夠應付了，不需醫官，整天無所事事，營部剛好位在東林國光戲院旁邊，每天擴音器都重覆播放著鄧麗君的〈南海姑娘〉及萬沙浪的〈風從那裡來〉，尤其是鄧麗君那鏤骨銘心的幽幽柔柔之音，聲聲入腦。流落外島的遊子聞之，倍增思鄉之情。

一假日，心情不佳，在東林街頭晃蕩，忽遇同學周泰二，異鄉客不期而遇，乃大喜過望，相擁入小吃店敘舊，同是天涯落魄人，相視只見滄桑，不復往日煥發容光，一壺好酒下肚幹聲、唉聲綿綿不絕。

「在后頭剛開始習慣忽然被調到二膽，有夠衰！」

「我比你更慘，在東林下部隊，當步兵排長，整天帶兵操練，還每天被連長刮鬍子，快把我逼瘋了，幹他娘！只要把我調離開那個鬼地方，到那裡都願意，即使是二膽島。」

「此話當眞？」

「是的！即使是二膽。」

我想他不過是喝多了酒一吐怨氣而已，他不想待在東林當排長；我不想去二膽當醫官，如能兩人互調豈不兩全其美。現在回想起來，當時實在有夠天眞，軍令如山豈是兒戲。不過我們哥倆眞的去找衛生營長，「報告營長，我最近身體不好，常常腹痛，尤其緊張時胃酸很多……偶爾大便帶黑……」

我把教科書上的症狀一股氣全背出，「恐怕是嚴重的十二指腸潰瘍，再增加一點壓力可能會破裂穿孔，二膽之行恐怕不適合，我同學周醫官身強體壯想要跟我對調，不知是否……？」

小兵煩躁不安，渾身不舒服，不停蹲跳，好像要把體內的藥物逼出。

營長毫不猶豫地打斷了我的話，「醫官，別擔心，你胃一穿孔我馬上派人接你回來開刀。」於是我回去準備上二膽，周泰二回去當排長繼續帶兵。

軍隊之事，什麼千奇百怪，乖謬荒唐的事情都可能發生，前線醫官奇缺，像周同學醫學院醫科畢業，卻當步兵排長，這不過是其中一例而已。

幾天前在營部晚點後，正寬衣解帶準備上床睡覺，一位小兵上氣不接下氣跑來報告，「醫官，快去衛生室，有一士兵情況不對，請你快去看看！」

到醫務室見一高高瘦瘦戴近視眼鏡的士兵，滿身通紅發燙，兩眼充血，乾乾的

舌頭露出於張大之嘴巴外，不斷喘息如跑了五千公尺的哈巴狗一般，忽坐忽立，煩躁不安，偶爾還用力跳幾下，他的脈搏在我的食指下，碰碰彈跳不已，不用聽診器都可以聽到心臟轟轟亂撞聲。量血壓時水銀差點衝出血壓計。

我從來沒見過這種病症，我問站在旁邊不斷用手帕擦汗，也是領掛小鳥牌的少尉醫官，他蒼白的臉色與病人成強烈的對比。

「怎麼回事？」

「不曉得！我給他喝了十毫升感冒糖漿就變成這樣。」他遞了一藥水瓶給我看，這是一種綜合感冒劑，內含交感神經促進劑，可使心臟搏動增強加速、血壓上升，不過這是濃縮液必須稀釋二十倍以後才能使用，瓶上標示寫得很清楚。我覺得這位同行也太大意了吧！我很想知道他師承何人？

「請問貴校是？」

「我是××農專獸醫科畢業的。」平時診治豬羊，對象不曾抱怨，死了剛好祭五臟，不會有什麼醫療糾紛，可能就不太在意劑量，夫復何言？

這可憐的小兵在點滴注射及詳細觀查下，藥力逐漸消退而完全恢復。他渾身不安，揮拳又跺腳，不停蹲跳，好像使勁要把身體內的藥物逼出的一付恐怖影像，至今仍歷歷如繪。

外行充內行，獸醫當人醫在軍隊裡司空見慣，毫不稀奇，粗製濫造、半路出師的所謂專修班醫官，也好不到那裡去。

一天夜裡，我在后頭值班，突然急診送來一個頭部撞傷、昏迷不醒的小兵，隨行的是一位外表斯文，也是領掛小鳥牌的少尉醫官，我馬上做了一番初步神經檢查，該醫官迫不及待地向我報告病情，之間夾雜幾個不甚正確的英文醫學術語，我問他，「你做了哪一些處理？」他回，「我已給他打了一針阿托品（Atropin）。」

「爲什麼？」我想不起來阿托品與頭部外傷有任何關連。

「看他受傷時瞳孔縮得很小，藥理書寫得很清楚「阿托品」可以使瞳孔放大，於是先馬上給他一針再送過來！」他洋洋得意地說。

我不得不承認他是唸過一點書，不過一知半解的知識比無知更可怕，瞳孔大小在頭部外傷時只是利用來判斷顱內受傷情況的一種徵象，並非治療對象，如此處理方式，聽後怎

能不氣結？醫療體系濫竽充數至此，其他單位也不能倖免。

事情也是發生在我在步兵營候船上二膽時。一天早上十點左右正無聊，在營部看報紙時，幾個營部文書充員兵跑來拉著我，要帶我去看熱鬧。「醫官，快跟我們去。」

「什麼事這麼興奮？」

「工兵連發生爆炸血肉橫飛，死了很多人」一兵剛說完另一兵又補了一句，

「看過回來的人說，樹上還掛著一隻手臂。」原來是工兵鋪路時燒柏油，桶蓋子沒打開，遇高熱柏油膨脹爆開，死傷近十人。

我當兵幾個月來在后頭這種血淋淋場面看多了，已不再感到新奇。「你們自己去吧！」我打一個哈欠翻了一頁金門日報，心想后頭的弟兄們又有得忙了。

誓師那一天，二膽指揮官（中校副旅長）首次集合全連官兵精神講話，我仔細打量英姿煥發、筆直挺立站在台上，裝甲兵科出身的未來長官，身材魁梧、氣宇軒昂……綠色布帽上有一付擋風目鏡，十足裝甲兵打扮，我不禁想起了北非沙漠之狐的隆美爾將軍以及血

與膽的巴頓將軍，我對他初步印象不錯，是個軍人，未來幾個月將領導我們同生共死，保衛二膽島的總指揮，跟我印象中中國大陸撤退來台的偉大國軍不一樣，我願意在他的領導之下拼命。

「戍守二膽，是最偉大而光榮的任務，只有部隊內最優秀的官兵才會被選上……」我的胸膛不自覺地向前挺了一下，原來醫官內我最優秀。

「二膽在最前線，一旦開戰，對外沒有交通，沒有外援、沒有後退之路，只有死守，戰至最後一兵一卒！如果島上插的是青天白日旗，共匪會打我們；如果變成五星旗，金門會打我們！所以各位都必須有與島共存亡之打算，島在人在，島亡人亡。在敵前法律只有一條，不管是敵前抗命或是怠忽職守，都是唯一死刑，陣地指揮官可以先斬後奏……」

緊張的氣氛忽然籠罩全連！二膽島共分二十二個陣地，互相獨立，打起戰來各守各的，每陣地置一陣地指揮官，我就是第九陣地指揮官，下轄士官長一人、士兵五人。對違規的下屬可以先斬後奏，看起來我當兵可不是當假的，我的肩膀頓覺重了許多。

誓師以後，出發時間已漸逼近，準備工作緊鑼密鼓地進行著。部隊移防通常會避開特

殊的日子。再幾天就過年了，應該在過年後吧！元旦這一天，我漫步於東林街頭，經過東林書店，看到一本書《天讎》乃愛不釋手買了下來，書中主角正是從二膽對面廈門游泳至大膽投誠的，這本書現仍保存著。

中午在東林小吃店獨酌時，后頭衆醫官送別時的話，不時在我頭上盤旋，「二膽禁酒，沈醫官穩哈死！」也許命不該絕，我忽然靈機一動，有救了！我連忙在東林市場各雜貨店共收集我最喜歡的大麴十二瓶及五加皮九瓶，裝滿了一大木箱。這木箱是后頭與我比酒的士官長，爲酒王之王餞行時送的禮物，他們利用砲彈箱折下來的木板，重新刨光釘製而成，禮重情也重。當晚把木箱鎖好貼上封條上書貴重藥品，小心搬運！並蓋上少尉軍醫官「沈茂昌」官章，木箱塞入床下，等待吉時搬運。

軍隊換防日期一向列爲機密，營部那些軍官及文書兵其實都曉得，只是不敢透露，因爲軍中事可大可小，大事可以化小、小事可以化無，反之小事也可以變成大事，洩密之

註

・《天讎——一個中國青年的自述》作者凌耿，文革紀實長篇小說，是第一本以中國「文化大革命」為題材的第一人身傳記。

事輕則軍法審判，重則槍斃，大家心知肚明，他們不說我也不想問，反正在軍中退伍前時間也並不挺重要，早一天、遲一天根本無所謂。

一個多月來的相處，平時看他們也很無聊，於是蓋一些解剖屍體、醫院實習時與護士小妞打情罵俏之趣事給他們聽，寥解他們的寂寞，越深入了解職業軍人才知道他們外表堅強，其實內心空虛、滿腹辛酸，每聽到他們嘆息在軍中虛擲光陰，浪費青春時，才覺得家家有本難念的經。

元旦過後不久，營部幾位平時無所不談的軍官及文書兵，大夥簇擁我到東林一家小吃店喝酒，大家心照不宣「是時候

「醫官，你醉了。」

了！」感覺有點像行刑前的最後一餐，同是天涯遊子，有緣千里來相會，煩惱憂懷且拋開，就像鄧麗君唱的，「今宵離別後，何日君再來，喝了這一杯再說吧！」「勸君更進一杯酒，此去二膽無故人。」那一夜也許有些傷感惆悵，也許感到此去一別，前途杳冥，於是……

那晚喝了多少？怎麼回營部？一無印象，只記得晚點時，搖搖晃晃，天旋地轉，晚點後往床上一躺，不醒人事。半夜迷迷糊糊的只覺得胃腸一陣陣痙攣，似乎有什麼東西由嘴巴湧出來。

第二天醒來時已日上三竿，營部早點名已是兩小時以前的事了，我嘗試起床，奈何四肢乏力、太陽穴膨脹欲裂、頭昏昏腦頓頓、天旋地轉，眼前的一片亂跳星星中，出現了一個黝黑的臉孔露出兩排整齊潔白的牙齒。

「醫官，沒事！沒事！」後勤官是一位原住民，「你躺著休息好了。」

我發現昨夜蓋著的棉被不見了，取代的是一條乾淨的軍毯，不知是誰的？我努力去搜尋昨夜的記憶卻一無所得，但在墊被上我卻發現幾絲帶酸臭味的穢物痕跡。

我有氣無力地問著，「昨夜……？」又是潔白的牙齒，「醫官，你醉了！」是的！我人生第一次醉酒，想不到竟是醉臥沙場而不是美人枕。

三十多年了，至今我仍然無法忘懷那兩排整齊又潔白的牙齒。

與後勤官攝於營區（1972 / 12 / 30）。

在成功嶺（1965 / 9）左二作者，中間教育班長。

步兵營軍官營寢室（1972／12）下層可見行李已打包，隨時待命上二膽。

遊烈女廟，周泰二與我。

二膽篇

【第十一章】島孤人也孤

出發前夕，我指揮兩個連兵，把我那箱珍寶小心翼翼地搬去重要物品集合地點，我是據點指揮官與士官長都屬先頭部隊，因爲交接問題需提早輕裝出發，出發前三個營部文書充員兵送來一包禮物，拆開一看不禁啞然失笑，是一個溫酒用的酒壺上書：「茂昌兄榮歸惠存！殷治平、陳貴琦、謝承文敬贈六十二、七、一。」

眞幽默，現在才元月正朝火坑煉獄跳，離退伍還早咧！不過我欣然收下，並揮別這幾位短暫相聚的朋友，搭船出發航向未知。

在《現代啓示錄》這部電影中，飾演上尉情報官的馬丁辛奉命搭船深入荒地，找尋並謀刺馬

註

・《現代啓示錄》一九七九年的電影，由美國導演法蘭西斯・科波拉執導，根據波蘭裔英國作家約瑟夫・康拉德的中篇小説《黑暗之心》改編。

龍白蘭度飾演的美軍上校寇芝，到達上校駐地時看到了一群行頭怪異、表情如木乃伊的士兵。那恐怖的場景一再勾起我內心的痛苦回憶。

這部電影我一看再看，感觸良多。船抵二膽時，我看到一群目光呆滯、行動遲緩、舉止怪異的士兵站在岸邊，我有似曾相識的感覺，我的第一個直覺反應就是—這不就像我在高雄療養院（精神病院）見習時所看到的場景？怪不得這麼眼熟。

各據點指揮官各自帶開，紀節朗醫官是我同學，外表是我同學可是總覺得不太一樣。經過醫務室時，我注意到兩個面無表情、眼神呆板空洞的醫務兵，一個在哼

我指揮兩個連兵，把我那箱珍寶小心翼翼地搬去重要物品集合地點。

我注意到兩個醫務兵，一個在哼歌但只重覆一句，另一個以單腳在原地360度轉跳，動作一成不變。

歌，但只重覆一句，「一樹桃花千朵紅，一樹……」另一個以單腳在原地三百六十度轉跳，動作一成不變。因爲時間不多，同學急著帶我四處介紹環境，福利社、康樂室……他嘰哩瓜拉講了一大堆，我驚魂未定，沒聽進多少，不過當他持手電筒，帶我走下陰森森、黑漆漆、黏濕濕的坑道時，我覺得由腳底升起一股涼意直達頸脊骨，不禁打了個寒顫。

這是一個約兩公尺見方的地洞，是以前衛生單位的住處。在不甚明亮的手電筒照射下，可以看出牆壁上整整齊齊地掛了七、八條鋼盔帶。原來當時經常有水鬼上來摸哨，此坑洞有通道通到海邊，哨兵失注意，結果水鬼摸上來，全班陣亡，屍體全少掉左邊耳朵，爲紀念死者並警惕來者，因此將所有遇難者之鋼盔帶留著，地上還擺著一個香爐，滿插著燒過的香枝。

我感到頭皮發麻，汗毛直豎，離開前同學不忘一再叮嚀，「切記！初一、十五記得下來燒香拜拜！」

回到醫務所那個衛生兵仍兀自原地轉跳。另一兵還在哼，「一樹桃花千朵紅。」那一句，連坐姿都沒見改變。怪不得離島軍隊原則上四個月內必須換防，否則……，我在擔心離開二膽時我會是一個什麼模樣？

士官長交接部分，器械沒有問題，但手術用消耗品如紗布包及縫合線包似乎有一些爭執，我倆趕著去了解，童士官長堅持不點清楚縫合線的數目不願蓋章，交接就不完

前衛生單位的寢室掛了七、八條鋼盔，都是被摸哨遇難者的遺物。

全，原來軍隊財產歸士官長管。

「怎麼回事？」我問童士官長。

「報告醫官，我要點算縫線，他們不讓我拆封來算。」

我一看「天啊！」這些包包都是消毒好的隨時拆開就可以用，每包內幾條線都是一定的，只要算幾包就可以了，拆封就報銷了。

「士官長，這不必拆開，每包幾條都是一定的。」

「報告醫官，這你就不曉得，我當兵當了三十多年了，什麼把戲沒見過，你不要看那些包得好好的，也許裡面少了幾條你不會曉得，將來我要交給別人時，人家不接，我可賠不起。」

「士官長，不會的！」我試圖打圓場，但他一臉嚴肅，毫不通融。

「報告醫官，你幾個月後就要退伍，拍拍屁股就走人，我將來可還要辦移交，這件事你就不要插手，讓我全權處理好了。」

我同學及其充員士官急著脫手，反正他們也用不上，管他的，我一再勸說無效，只好眼睜睜看著士官長一包一包拆開貓腸線、縫合針包、紗布包……我的腦袋發脹、五臟六腑一陣絞痛，嗚呼哀哉！

完了！數目符合，看他心滿意足地在財產卡上蓋了章，交接終於完成，他的退伍金保住了，但我開始擔憂我們英勇的二膽國軍，萬一受傷時，用什麼線縫，我不敢想太多。

臨走前我同學抱給我一條小黃狗，剛出生沒幾星期，取名小黃，很可愛。「這隻狗登記有案，屬於醫療室也要列入移交。」我愛不釋手地撫摸著小黃，這是我服役以來所觸摸過的一件最漂亮可愛的軍品。

我抱著小黃，望著同學快步離去。

「再會了，老沈，台灣見！」望著同學頭也不回快步離去，好像深怕多留一秒鐘的樣子，天空一片灰濛，夕陽悄然西下，雖然身著厚夾克，我突然覺得四周淒冷，內心深處開始結冰。

三個營部文書預先送我的退伍禮物。

在二膽，冬服上身，全副武裝，醫官配有卡賓槍及手槍各乙支，真槍實彈。

【第二章】

匪船登陸了！開火！

二膽島屬於廈門市，位居廈門港外，扼港口咽喉，是中華民國極西邊疆（東經一百一十八度十一分）爲距離中國大陸最近之島嶼，面積零點二八平方公里，距金門約十五公里，駐軍二百人，狗二百多隻，分成二十二個獨立之據點，每個據點守軍五到十五人，狗若干隻，設據點指揮官一人，各據點都有六個月戰備存糧及彈藥。

站在二膽島高處遠眺，除了右後方是大膽，後面遠處依稀可以瞧見小金門，其他三面都是中國大陸，距離不到三千公尺，稍能游泳者，一飄就過去了，《天讎》一書作者即由對面廈門遊過來。因此舉凡可以浮出水面的東西，包括籃球、排球、乒乓球或塑膠枕頭，甚至空酒瓶通通都是違禁品，怪不得選士兵都以旱鴨子爲優先。

初抵二膽，在三面都是敵人環伺之下，駐入

陣地以後第一件事就是加強戰備，每個人都覺得自己陣地不夠堅強，於是各單位自動自發忙著挖戰壕補強工事，鐵絲網一圈一圈再一圈圍上去，根本不必上級操心或監督，畢竟這是自己性命交關之事。

這幾天每個人都相當緊張忙碌，沒有時間生病，來看病者絕無僅有，我也樂得清閒，幫忙佈置陣地暗設機關。我撿拾不少棄置生鏽的空罐，內裝碎石，掛在多處鐵絲網上，水鬼上來輕輕觸動，即可發出咯咯聲音。

我服役以來混水摸魚、陽奉陰違、推拖拉之事看太多了，卻從來沒見過軍

我撿拾不少空罐，內裝碎石，掛在鐵絲網上，水鬼上來觸動，即可發出聲音。

祥仔坐在車上亂摸，忽然車子啟動，衝向山坡，撞開一罈骨頭，翻覆。

人這麼主動自發做防禦工事，因爲每一個人都感受到一股山雨欲來，戰爭一觸即發之氣氛，隨船運來之帶刺鐵絲網很快就被各據點搶領一空，還頻喊不夠。

也許剛到二膽，人生地不熟，島上怪事頻傳。鬼話連篇，加上挖戰壕時又常挖到孤墳枯骨，夜間鬼火幢幢、閃爍飛舞，更增添一些冷清陰森，恐怖氣氛。這幾天福利社賣出的東西以香燭紙錢爲最多，每一單位都勤於燒香膜拜，祈求好兄弟保佑，我雖鐵齒，不信邪，卻也不敢不拜拜坑道下面之死難弟兄。寧信其有不敢信其無。

二膽有一吉普車，就停在醫療室前小空地，我手下醫務兵祥仔，無聊坐在上面亂摸，忽然車子起動衝向山坡撞及某物而翻覆，祥仔滾了幾滾昏了過去，還好沒給壓扁……。車子如何啓動，如何停止，無人知曉，不過車子卻撞開一罈骨頭。祥仔頭枕在一塊小磚頭上，磚頭上刻XX之墓，字跡雖已模糊，但姓名仍依稀可辨。

這事很離奇，那夜祥仔魂不附體、恍恍惚惚，如中邪般雙目空洞無神，喃喃自語，不吃不喝。我是學醫的，根本不信怪力亂神、鬼怪上身這一套。

那夜，月黑風高，幾個人都了無睡意擠在一起，颼颼刺骨的北風在夜空中低嚎，偶爾滲入陰濕的寢室內，使微弱的燭光搖曳不已，四周人影晃動，猶似

祥仔兩眼無神、不言不語，猶如鬼魅，蒼白臉龐不時散發出一股陰森鬼氣。

群魔亂舞，祥仔兩眼無神、不言不語，猶如鬼魅，比平時小了一號的蒼白臉龐不時散發出一股陰森鬼氣。

大伙突聊起這幾天島上之頻傳異象，我發現其他人的臉色也不比祥仔好多少，這時火燭突然熄滅，在死寂的沉默中，咯咯咯的牙齒顫抖聲，聽起來特別清晰駭人，天再不快亮，很多人要瘋了！

隔日，天一破曉，大伙不約而同急忙跑到那位好兄弟破碎的墳前燒紙錢、點香膜拜，並加以整修重立新碑。祥仔也逐漸恢復「正常」。

二膽屬敵前，水鬼常來騷擾，夜間站衛兵採複哨，以防不測。每個陣地各守各的互不相往來，衛生單位共只有五個士兵，扣掉輪值負責三餐一人，只剩四人，白天單哨，晚上複哨，整天除了吃飯、睡覺就是站衛兵，士兵每天衛兵八小時以上還排不過來，因此，士官長及醫官也要站衛兵，我每晚站九至十二點第一班。

記得第一天站衛兵時戰戰兢兢，全副武裝，腰掛手槍，手提卡賓槍，全部上膛、開機，行前還乾了一大杯濃咖啡提神，帶著小黃，手拿著在小金門臨行前特別選購，身特長、頭特大如探照燈的強力手電筒四處搜索，心想方圓十公尺內，水鬼休想逃過我的照射，正得意間士官長匆匆忙忙由寢室跑出來喊道：

「醫官，你不要命了，快把手電筒熄掉！」我百思不解。

「爲什麼？」

「你點燈告訴水鬼，槍靶子在那裡，你還有命？」我望著手中突然顫抖不已的那支特大號已熄火的手電筒，怔在那裡不知所措。

士官長滿臉慍容與不屑，摔手臂踏腳離去，只留下這句話在我耳際嗡嗡作響。

「醫官，你不要命了，快把手電筒熄掉。」

「你不要命，我們幾位弟兄可不想賠上去！」

菜鳥就是菜鳥，軍隊事，士官長是沙場老將，我是大菜鳥。夜裡在敵前站衛兵最忌諱曝露位置，連抽菸都不行！水鬼上岸不知衛兵藏身何處，通常以丟小石頭之方式來試探，菜鳥衛兵聽到聲音馬上緊張查看，一動身子沙沙作響，馬上曝露位置，敵暗我明不死才怪！

前線站衛兵通常躲在暗處，聽到不明聲音，絕對屏住氣息不動聲色，互比耐心，誰先曝光誰倒霉，看準敵蹤再補以一槍，最好一槍斃命，否則射擊後你位置也曝露了。

在前線站衛兵真槍實彈沒有口令，也不需問，見人就開槍，因此也無查哨這回事，跟在成功嶺小金門站衛兵天壤之別。

神經緊繃的生活，日子過得特別快，已經三個禮拜，快過年了，那天晚上，下衛兵離開刺骨寒風吹襲的暗夜，躲進溫暖的寢室，喝了一小杯自己調製混合大麴及五加皮之睡前酒，正想和衣入睡，忽然電話響起，在寂靜無聲的暗夜裡，急促的鈴鈴聲顯得特別的刺耳恐怖。

夜半電話絕無好事，我心想大概是那個傢伙在黑暗中又摔倒了，或被狗咬傷了，我問，

「急診嗎？嚴不嚴重？」

接電話的士官長突然一臉陰沉，聲音也急促了起來，「是……是……是」我發現事有蹊蹺，寢室內的空氣似乎突然降溫並且凝住了，士官長一放下電話馬上大叫，「匪船來犯，即將登陸，全島備戰！」

「醫官是看病的！」這句話在前線不一定行得通，打起戰來砲彈可分不清楚，誰是醫官或不是醫官，在最前線有時醫官也要衝鋒陷陣的。

在這個單位，名譽上我是陣地指揮官，官位最大，應該發號司令才對，不過在這緊要節骨眼上，我一身所學似乎完全派不上用場，傻呼呼地愣在當場，不知所措，遑論指揮了。

士官長當仁不讓，指揮若定，一下子大伙已著裝完畢，武器上膛，就戰鬥位置，在沉重的鋼盔下，我那不安的眼光由裝滿彈匣沉甸甸的S腰帶、腰間手槍流向緊握卡賓槍微微滲汗的冰冷雙手……。命運之神真會作弄人，這付手指筆直、纖細修長的雙手，握的應該是手術刀才搭調。

我衷心希望趕快有傷患上門讓我處置，持槍殺敵畢竟不是我的專長。我可不想在人生

匪船來犯，即將登陸，全島備戰。連續的機槍聲突然劃過長空，打破寧靜。

史上的序章就埋骨荒島，讓人憑弔。

暴風雨前的寧靜最令人窒息，詳細匪情狀況不明，大家面面相覷，緊張地等待著即將面臨的登陸戰，《最長的一日》那部電影中戍守諾曼第面對聯軍大舉登陸，碉堡中那德軍不安的眼神忽然閃過眼前，我也是守方。

連續的機槍聲突然劃過長空打破寧靜，在寂謐的暗夜中顯得特別震耳。「終於來了！」我不自覺地嚥了下口水，覺得握槍的手又濕了許多。

整夜只聽到我方的機槍掃射聲，慘烈的登陸戰，敵人的砲火反擊並未如預期發生，好不容易熬到天亮，警報解除大家鬆了一口氣，走出寢室，抬頭看到了一個特別美麗的旭日，由海的那一邊緩緩升起。

原來昨夜兩艘匪船由廈門出發直奔二膽而來，在黑暗中緩緩靠近，其中一艘登陸二膽，離船最近的洞六陣地指揮官是某藝專美術系畢業的預官，在報告指揮部後，指揮官下令開槍反擊。在幾輪機槍掃射後船停在岸邊不動，與島上守軍對峙相望了一夜，另一艘船擱淺在三膽。天亮後在望遠鏡下再三確定安全無虞後，群狗先行，部隊隨後持槍下去搜索。

眞相大白，不禁啞然失笑，原來是對岸水鬼在夜幕掩罩下送來過年勞軍的禮

對岸水鬼在夜幕掩罩下，送來勞軍的禮品。

註

・《最長的一日》一九六二年的美國史詩戰爭片，改編自考李留斯・雷恩的一九五九年著作《最長的一日》，描述二戰期間盟軍登上諾曼第的第一天。

品，包括整船書報雜誌、幾袋椪柑、龍眼乾、肉乾及一盆水仙花，內容比幾天前參謀總長賴名湯來二膽勞軍時帶來的禮物豐富多了好幾倍，上級下令全部送到指揮部，並嚴令各兵不許偷吃以免中計被匪軍毒殺，情節如特洛伊木馬屠城記。

那天，我整天在指揮部幫忙清點船上物品，更沉迷於那些當年難得一見的匪情資料，在那些雜誌裡我看到了美中乒乓外交、尼克森訪問中國大陸的消息。二膽沒有報紙，收音機是違禁品，對外訊息完全斷絕，這是我在二膽七個月，唯一的一次，知道島外發生什麼事。

中山室內那幾大袋食物，雖然一部份已被機槍打得稀爛，彈痕累累，不過那

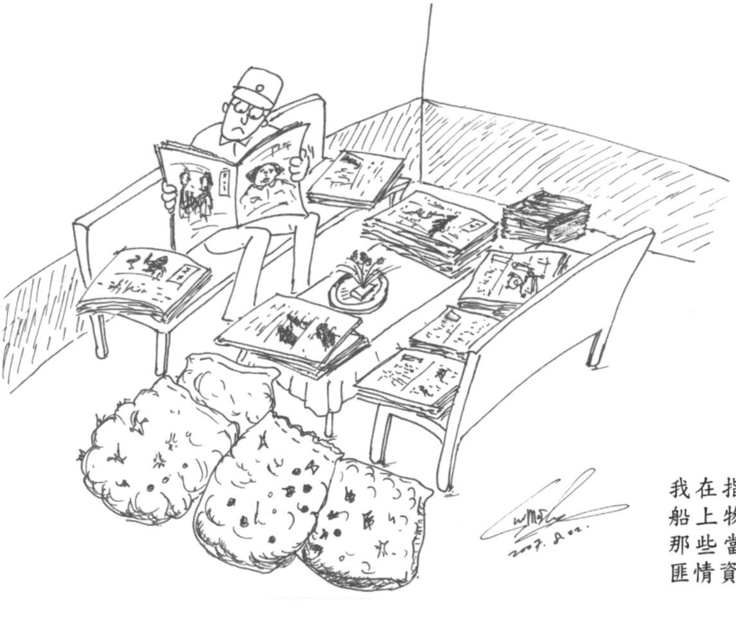

我在指揮部幫忙清點船上物品，更沉迷於那些當年難得一見的匪情資料。

黃橙橙、誘人垂涎的椪柑及那顆顆碩大無比的龍眼乾，對我們這些長期只吃罐頭，不見生鮮食物的國軍仍是一個不小的誘惑。我是不相信上級所說的已下毒這檔事，只是沒人敢大膽去嘗一口看看，不怕一萬只怕萬一，忍一忍以免抱憾終身。

不過最令我印象最深刻的，卻是那盆擺在中山室中央，毫髮無損的水仙花，白花綠葉，潔白的瓷盤在深藍色的桌巾上顯得特別搶眼。我們對岸的共軍兄弟也是挺有幽默感的，不是嗎！

二膽軍官合照，指揮官後排中間，筆者前排右二。（1973 / 01 / 03）

連部軍官合照，後排左起副連長、筆者、連長、輔導長。

【第十三章】除夕夜的鼠肉饗宴

大年初一（二月三日星期六）早上全島陣地暫時開放，互相拜年，我信步走到洞么（01）據點二膽港口，到海邊參觀那供應全島性命所需之水的唯一淡水井，據說是鄭成功經過二膽時，全軍口渴，於是以身佩之寶劍往海邊地上一插，泉水乃汩汩而出，經年不絕。我出神地望著這一口外觀不甚起眼，卻掌握全島性命的地下水井，各據點公差小兵們排隊等著輪流提水。

這十幾天來難得一見的太陽也突然露出臉來，使凜烈刺骨的北風吹襲下的寒冬氣勢稍斂，周圍的空氣似乎也突然變溫暖起來。也許是寒冷、也許是缺水、或許是懶惰，我記不起離開小金門以後，一個多月來何時曾好好洗過澡，我有一股衝動，今天要好好洗個澡！

二膽島四面環海，海色雲光，美景處處，但

海邊滿佈地雷，官兵嚴禁下海，只能望海興嘆，水源只靠此海邊水井，井水帶有鹹味，煮菜不需加鹽，平時勉強可維持全島最低民生所需，旱季就慘了。

全島二十二個據點都各設有一戰備水池，約一公尺見方，貯水備用以防戰爭，平時陣地開放時間，各據點派兵前往挑水每日一至二桶供全據點使用，包括所有人員之三餐及盥洗等等全部，爲免水源枯竭，限量配給，一日所需就只這麼兩桶。看到小兵每日這麼辛苦挑回這麼一點點配給水，你怎麼可能大洗沖水澡，能漱漱口、洗洗臉、擦擦身就很不錯了。

今天適逢過年完全開放機會太難得，不洗個痛快怎麼可以。於是我衝回去提水桶、拿臉

今天適逢過年用水完全開放，不洗個痛快，怎麼可以。

我幾近全裸，躺在路邊，讓那溫暖的陽光撫摸我全身。一邊回味著年夜飯那一盤生炒鼠肉。

盆、肥皂等盥洗用具，脫掉夾克及厚重的衛生內衣褲就在井邊沖將起來，寒冬沖冰水冷徹心坎，幾陣寒顫過後，沖出勁來，索興由頭到腳塗上肥皂把身上的污垢一方寸一方寸地洗掉，水一桶一桶地往身上淋。用水用得這般奢侈，在二膽島我是第一次可也是唯一的一次，絕無僅有。今天過年，大家馬馬虎虎，歡喜就好，管他浪不浪費。

過足癮後，我幾近全裸四肢伸開躺在路旁一水泥台階上，讓那溫暖的陽光撫摸我全身。人不輕狂，枉少年！我不理會過往小兵所投來的訝異眼光，那不相信的眼神裡，似乎透露出一股疑惑「醫官瘋了！」我躺在那邊動也不動，貪婪地享受著朝陽，一邊回味著除夕年夜飯那一盤餘味猶存的生炒鼠肉。

二膽島鼠患猖獗，老鼠之多超乎想像，初到二膽，各據點嘗試在島上種一些青菜解饞都沒成功，因爲只要菜芽一冒出地平面，馬上被老鼠吃掉，我帶去的原文醫學書，封面以膠水黏貼處都被啃光無一倖免。很奇怪的是，二膽卻沒聽說過養貓捉老鼠這件事，鼠輩之橫行已到肆無忌彈，連白天都四處流竄，猶入無人之地。第一次看到小兵捉老鼠居然像兒時捉蜻蜓一樣，瞄準老鼠，張手猛力一抓，逮個正著，輕輕鬆鬆，令人驚訝不已。

這時師部傳來了一道命令，全軍各單位捉老鼠比賽，每單位都要捉老鼠，將尾巴剁掉交到醫務室由醫官點收記錄，點交時還得注意鼠尾尖端是否完整，以免小兵作弊，一

點交老鼠尾巴時，還得注意尾尖是否完整，以免小兵作弊，一條切成兩三段。

條切成兩三段，虛報邀功，初時頗覺噁心不能習慣，很快就收集一大包上繳，比賽結果二膽得亞軍僅次於大膽。

抓鼠斷尾比賽尚可，以後打蒼蠅比賽才扯！各單位送來之蒼蠅，隻隻頭碎腦溢、肚破腸流、血肉模糊、屍臭難聞，各兵小心翼翼捧來醫務室由醫官點收，噁心加三級，最後撲蠅比賽，全軍喊卡，不了了之。

我們衛生單位算是二膽比較高級區，老鼠較少，不過也在短期內打死不少老鼠。班上一位原住民老兄，每次抓到老鼠切掉尾巴後，總把鼠身剝皮留下，一隻隻掛在醫務室外的一棵樹上曬乾，二膽樹

捉蒼蠅比賽，各單位送來之蒼蠅，隻隻頭碎腦溢、肚破腸流、血肉模糊、屍臭難聞。

鼠屍掛在樹上，宛如死囚吊在刑架上晃盪。

木營養不良大多瘦小，枝葉不茂盛，掛滿老鼠屍肉，隻隻尾上頭下形如滿樹蝙蝠，蔚爲奇觀。

二膽孤島三餐米飯夾雜肥大米虫，泛黃發霉的飯粒，三餐香嚥佐以花樣有限之罐頭，不見蔬果、鮮肉，日復一日，月復一月，除夕那夜，面對那夾雜肥碩米蟲的晚飯，及一成不變的牛肉罐頭，想到在這鳥不生蛋也不拉屎的荒島吃這種年夜飯，過這種窩囊年，不禁觸景傷情、悲從中來。

這時那位原住民弟兄阿德，一聲不響地出去，到外面收下整樹鼠屍，只見他又切又剁，霹哩啪拉下鍋炒了起來，大家面面相覷，不敢置信，生炒鼠肉，這能吃嗎？我還以爲那些老鼠乾是山地秘方做草藥用的，一想到掛在樹上那些黑漆漆、乾巴巴、日曬雨淋，隨風飄動的鼠屍，胃

鼠肉在其口中咀嚼，嘖嘖作響，狀甚陶醉。

腸就一陣翻滾，令人作嘔，遑論品嚐了。我想我還是以牛肉罐頭下飯過年算了，最少那些肥碩的米虫，不具毒性，還可補充蛋白質。

阿德小心翼翼的端上那一盤山產擺在桌上，黑鴉鴉的一撮還冒著白煙，大家互相你望著我我望著你，就是沒人出手，平時吃飯我官階最高，得大叫「開動」大夥才能動筷子，有好東西當然醫官先嚐，士官長對這一點軍中倫理相當堅持，今夜我可不想當先鋒。

「醫官，吃了會不會得鼠疫？」不知從哪裡冒出這一問。

「鼠疫！大概不會，不過痢疾不敢保證！」

「解鈴還需繫鈴人」阿德見再三保證無效，只好當仁不讓，先嚐一口，看鼠肉在其口中咀嚼，嘖嘖作響，狀甚陶醉，正注意他有無異狀，如臉色蒼白或冷汗直冒或頹然倒下。

一陣微風送來一縷縷肉香味，說眞的如果閉著眼睛不去想它掛在樹上，宛如死囚吊在刑架上晃盪的情景，還眞是珍饈美味一道。我聽到腸子在咕嚕咕嚕作響，等到阿德一再發出讚嘆聲。

「太好吃！太好吃了！」並動手夾第三塊時，我的意志已經動搖，食指蠢蠢欲動。

副連長（左）與輔導長在港口（01 據點）。

「我去開一罐醃菜來配！」士官長起身至床頭拿了一罐他親手醃製，由小金門帶來以備不時之需的泡菜，我亦突然想起佳餚好菜不配美酒怎行，於是不惜血本，開了一瓶走私偷渡至二膽的大麴助興。

那一夜，我在一個很奇特的地方，與一群很奇特的人，享用了一頓很奇特的除夕饗宴。

【第十四章】殺豬傳奇

二月底，運補船首次到二膽，送來了不少東西到福利社，補充近兩個月來的消耗。福利社位於醫務室旁，屬醫療單位也歸醫官管轄，我忙著清點送來的東西，除了一大堆香火紙錢外，大部分是普通日常用品及罐頭食品，比較意外者竟有兩打啤酒及一打米酒。二膽雖禁酒，但一些老芋仔喝酒成性，完全禁絕似乎不太可能，因此常假借某些特別名目如生日、初一、十五拜拜等向輔導長申請喝酒，但一個據點一次以一瓶米酒爲限，還需連輔蓋章才能向福利社購買，管制相當嚴格。

啤酒兩打置於福利社讓全島官兵自由購買，當時啤酒每瓶十八元，比在軍中樂園玩一個女人還貴，屬奢侈品。且啤酒酒精成分低，喝起來沒米酒頭過癮，士官兵購買意願較低，而且也沒有機會，因爲每次LCM（登陸艇）一上岸，指揮部

就訂下一打，另一打由我包下。

正埋頭清點中，忽驚聞豬叫聲，幾個公差氣喘吁吁地抬來一頭大肥豬，往醫療室門口一擺，輔導長向我說，「醫官，東西全交給你了！」

「輔導長，這豬……？」入伍以來出過各種離奇古怪的任務，不過看到這一頭四肢緊綁、全身肥肉抖動不已、哀嚎不休的大肥豬，我還是有點訝異而且百思不解。

「你們趕快處理，各單位馬上派代表來分豬肉。」

「分豬肉？」我再望了一眼那顫抖不已的八戒兄。

「對！殺豬責任重大，任務也屬於醫療單位，醫官，你看著辦吧！我先去通知各單位。」在二膽一個多月來不務正業，當黑牌獸醫，診治的狗比人多，縫合的狗皮比人皮多，這豬算是什麼玩意？醫療單位負責殺豬？難道叫醫官給八戒兄上麻醉再殺之不成，手術刀能切開半層豬皮才怪。

正怔著，手下平時不大愛講話的興仔突然挺身而出，「醫官，小事一樁，包在我身上。」

「你會殺豬？」有了殺鼠專家，現在又冒出另一個屠豬高手，不知其他三人還會殺什麼？

看起來我的手下除了對醫療、救人一竅不通外，個個身懷絕技，殺這殺那的如探囊取物，我對他們的了解有待加強，想不到醫療單位竟由一群職業殺手組成。

興仔一面指示祥仔、欽仔等人準備大鍋燒水，一面打開一個自備帆布包，長刀、短刀、圓刀、尖刀、切肉的、砍骨的分門別類擺在地上，琳琅滿目，刀叉齊全，比我手術箱內的器械壯觀有看頭多了。

醫療室前面有一個大灶，上有一大鐵鍋，平時每次經過，都對這個與醫療毫不相干的東西投以不解的眼光，現在總算雲開見日。

兩個月來第一次開葷，全島二十幾個據點各派人帶臉盆集合，爭先恐後地擠在醫療室前，觀看殺豬，我怎能錯過二膽此一歷史盛事，一邊看，一邊還得忙著在人群中維持秩序。

興仔動作熟練又狠又準，一刀刺入豬兄頸部，馬上切斷頸動脈鮮血狂噴而出，現場爆出一片歡呼，阿德、欽仔等人忙著用洗臉盆接住，滴血不漏，一點也馬虎不得，二膽島每

將豬抬入水已沸騰的大鍋，燙過後去毛刮皮。

兩個月補給船來時才能打一次牙祭，吃了這麼久的罐頭食品，那人不見獵心喜。

興仔開膛破肚，切腸取胃有條不紊，動作媲美資深外科醫師，大伙看得如癡如迷，接著是將豬抬入水已沸騰的大鍋，燙過後去毛刮皮，一氣呵成。再接下來的分肉過程由輔導長主持，那才是世界奇觀，這時我注意到各據點的老芋仔士官長也都全部到齊。

一頭豬除了豬毛，其他各部位由頭皮到腳蹄，鼻尖到肛門都要分清楚，一點也馬虎不得，如何在眾目睽睽之下，平均分給每個單位，而令所有人都滿意，實在是門大學問，不親臨其境無法想像。大學微分與之相比只是等閒。軍人什麼都吃，就是不吃虧，尤以老芋士官長為甚。一團人論斤算兩，錙銖必較，七嘴八舌，爭得面紅耳赤。

「我單位守在最前方最辛苦，應該多分一點！」一個老士官長順手抓了一肢腿骨放入臉盆，馬上引來一陣陣高分貝的怒吼，群情激忿，只好心不甘情不願地放回去。

折騰了一下午，天也快黑了，關閉陣地時間也到了，雖不完全滿意，大夥也得接受。覺得占便宜的捧著戰利品，手舞足蹈、興高采烈地離去，感到吃虧的，他媽的、他奶奶的一路回去，一下子醫務室又恢復了往日的寧靜，我望著地上一攤攤沒人要的豬毛及油漬，懷疑往後這幾個月還會碰上什麼更鮮的事？

一團人論斤算兩，錙銖必較，七嘴八舌，爭得面紅耳赤。

【第十五章】備戰！指揮部有人叛變！

緊張忙碌的過了兩個月，預防工事大抵完備，年也過了，激情過後突然鬆懈，空虛寂寞緊跟著來！病號忽然多了起來，大都是精神緊繃、壓力無從發洩所引起的精神症狀，島上瀰漫著一股莫名的不安，一場新風暴正在暗中醞釀成形。

三月，夜半剛下衛兵，解下配槍又聽到恐怖的電話鈴響，夜間只有相當緊急事故指揮部才會打電話過來，必無好事，不會是匪船又登陸吧？如果送東西來則多多益善，可別人也上來。士官長接完電話，鐵青著臉。

「報告醫官，指揮部有人叛變，雷霆演習開始，各兵全副武裝備戰！」

「他媽的！搞什麼鬼，剛出師一砲未發，未遇敵人自己人先幹起來了！」不知道什麼時候開始我的口頭語已由「幹」變成「他媽的」。

士兵一個個由睡窩一躍而起，匆忙著裝上武器，我把剛脫下裝滿子彈、沉重的S腰帶連手槍再度配上，並戴上鋼盔，是哪個傢伙活得不耐煩。二膽這鬼地方插翅難飛，叛變或逃亡只有死路一條，看來今夜血染二膽島是不可避免了。

詳情是這樣，指揮部的總班長，外省籍的年輕士官，性喜賭博，到處借錢，屢借不還，那天又向小兵借錢，小兵不從出手就打人，小兵向連長報告，連長訓斥一番乃不爽，回寢室馬上身掛十數顆手榴彈，再背了兩排子彈、右手握衝鋒槍、左手提機關槍，以後藍波的裝扮就是當時他的翻版，宣稱要炸掉指揮部，幹掉部內所有人。

全島都已接到格殺勿論之命令，所有指揮部對外坑道立即全部封死，他無路可逃，而在指揮部內四處流竄，最後跑入防備最弱的觀測站，一臉兇神惡煞亡命之相，以槍指著站內所有人包括我的好朋友觀測官大叫，「全部滾蛋！否則格殺。」

觀測官及小兵嚇得屎尿齊流連翻帶滾爬了出來，久久不能自己。他架起了機關槍對準出入口準備死守觀測站與來者拼命，反正豁出去了，回頭已難。

「全部滾蛋！否則格殺。」觀測官及小兵嚇得屎尿齊流，連翻帶滾爬了出來。

這還得了，指揮部就如同人之大腦，統轄整個二膽島，發生此事就如腦長腫瘤，不死也傷。當天如果處置不得宜，不僅人頭落地，血濺指揮部，很多職業軍人包括指揮官、連長、連輔等多人，恐怕都要提前退伍，回家磨豆漿、賣饅頭。

事態相當嚴重，槍戰一觸即發，我在醫務所握槍待命，殺人或救人視情況而定。連長是個血性漢子，黃埔正科班出身，膽識過人，能榮膺保衛二膽之重任自非等閒，本來前程似錦，這下事情大了，恐怕不易善了，最後決定隻身前往與他談判，不成功便成仁！

連長脫掉全身所有裝備，但暗藏貼身小匕首於綁腿內，打算伺機將班長幹掉。

準備就序後舉雙手一個人走向觀測站向班長喊話，「×班長，我現在空手，讓我進去聊聊。」

「先把綁腿內的匕首丟掉再進來」。班長一手以衝鋒槍指著，另手以手電筒在連長身上搜索。

老奸對狐狸，高手過招，果然不同凡響，馬上識破機關。連長無奈地丟掉匕首，這次眞的空手空腳了，連長平時喜歡耍刀弄槍，一付唯恐共匪不來，隨時準備率領二膽弟兄殺敵為國拼命的架勢。

他身藏貼身匕首有事沒事就拿出把弄幾手，這是二膽人盡皆知之事，班長當然瞭若指掌，生命交關，豈可疏忽。連長進去後兩人談話內容或妥協條件無法得知，但事情終於有了轉圜，天亮前班長繳械投降，危機解除。

第二天一早，連長押著人犯至醫務所。

「醫官，人犯暫時留置在醫務所，等船來馬上送走。」醫務室有兩間小開刀房，外有鐵欄柵門，可以上鎖，居然也可當監牢使用，做夢也不可能夢到。

「醫官，交給你了，請派一兵二十四小時看守著，除了送飯外，不要靠近他。」事情至此，暫時平息，但許多後續問題仍有待解決，包括封鎖消息及以什麼理由如何將班長送走而不引起上級注目。

「連長，這個鐵門年久失修，看起來並不牢靠，萬一囚犯半夜發飆或逃了出來怎辦？」我望了一望鐵門好不擔憂。

「斃了他！」連長回答得很乾脆。

因爲二膽島駐守期間不准任何人員調動，無人可進出除非理由充分。

醫務室有兩間小開刀房，外有鐵欄柵門，可以上鎖，居然也可當監牢使用。

連長拉我至一旁請我幫忙。

「醫官，請你想個病名開張診斷書，讓他調離，這件事希望就此平息，大家好過一點。」連長走後，我好奇地走向班長，隔著鐵欄杆向他打招呼。

「醫官，你好！」

「到底發生了什麼事？」

「沒什麼！」對我的囚犯，我很想知道多一點，但他低頭不語。

「醫官，欠你的錢，小金門見面時還你。」這傢伙油腔滑調，幾面之緣就向我借了七十元及一本書。虧他還記起借錢之事，算了！我可不想因要債而挨揍或挨槍。

「錢以後再說，不過書離開前要還我」。《天讎》是二膽島唯一僅有一本非關政令宣傳的中文書，很多人向我索借。

第二天交通船把他接走了，理由是緊張壓力精神失常。此事大家不願公開，因此他也未受任何處分，送走了事。連長比較不甘心的是這個班長是上個單位留下來的，不是他自己挑的精英手下。

該班長離開後，我在人去樓空的小開刀房內走一圈，手術臺成牢床，開刀房變監獄，醫官權充典獄長，人生何處不奇遇！

在二膽參謀總長賴名湯題字的「偉哉將士來者勿忘」石碑前合影，後排左三起連長、指揮官、輔導長、筆者。

在二膽高處，左起筆者、副連長、連長、指揮官、輔導長。

【第十六章】報告連長，昨夜士官長給我強姦！

三月，在對二膽及彼岸匪軍逐漸熟悉以後，已不似來時緊張，開放陣地時，出來醫務室看病，順便到福利社買東西或打屁的人漸漸多起來了。

醫官除福利社外還兼管康樂室，康樂室位於全島中央最高點緊鄰指揮部及醫務室，爲二膽之休閒育樂中心。鐵皮屋頂，內設撞球台一台，撞球台是標準台，不過房間太小，球杆四面碰壁，除了母球在球台中央，都得拆掉半截才能打，打起來只覺在打球，但韻味全失，除非無聊的緊，否則沒人去打。醫務室前面有二、三十坪大的廣場，便成全島官兵沒事閒聊、交際打屁之地方。

某日看完門診走出醫務室伸伸懶腰，看一群人圍了一圈，笑成一團，乃好奇走近一瞧，不禁啞然失笑，原來一老芋士官長窮極無聊正蹲著爲一狗兄打手槍，自娛娛狗，人狗同歡，其樂融融，

其間人群不時爆出睽違已久的歡笑聲。

看著那狗兄後腿微張、狗眼半閉、吐舌喘氣、狀甚歡愉，仍不禁跟著笑出聲來。當兵以來，屢歷怪事而見怪不怪，不過看人為狗做免費性服務倒是頭一遭！「性」趣！自古以來，人畜皆然。

「報告醫官，請馬上到指揮部。」指揮官的傳令兵把我從遐思中拉回現實。到二膽三個月來，第二次上指揮部，無事不登三寶殿，不知又出了什麼狀況，需要醫官處理。一入指揮部之會議中心中山室，只見一干人包括指揮官、連長、連副及連輔皆已就坐，臉色凝重，旁立一小兵，掩面哭泣，陣陣抽搐聲，在一片沉寂中顯得有些突兀。

撞球室，房間太小，球杆四面碰壁。除了母球在球台中央，都得折掉半截才能打。

小兵一手擦雙眼另手
掩屁眼，似餘悸猶存，
怕冷不防再挨一下。

「醫官，這個問題很嚴重，而且跟醫療有關，因此請你一起來商量。」指揮官示意我坐下，連輔簡單敘述了一下經過——昨夜該小兵站衛兵時，其據點指揮官老芋士官長以槍要脅，借他屁股「發洩」，如不從將以手榴彈炸他，先斬後奏，隔天再以怠忽職守，站衛兵時打瞌睡呈報上級，生死關頭終於失貞被強姦了。

我轉頭望一眼該兵，一手擦雙眼、另手掩屁眼，狀甚羞慚，又似餘悸猶存，怕冷不防再挨一下。這個案子指揮部辦也不是，不辦也不是，因爲辦起來，敵前犯案是唯一死刑、要槍斃的！指揮部所有長官之未來，恐怕也要受到影響。這是正式報備有案的第一件，未報案的，不知道還有多少。

六〇年代還相當保守，沒有所謂的A片，性知識相當貧乏，在醫學院也沒聽過雞姦。依稀在「小本的」曾經看過，也不太有印象，男生搞男生太齷齪也太離譜了，早上的稀飯差一點沖出喉頭。

連輔再報告另一件事，「最近老士官長普遍反應，沒有女人他們快憋死了，幾個士官長串連好要在二膽最高處集體脫褲子遊行，讓對岸共軍也瞧瞧……」我失聲笑出，但指揮官一臉嚴肅乃乾咳一聲連忙打住，不過內心仍激盪不已，好點子！

「醫官，有何高見？」診療室外人狗互娛那一幕再閃過我腦海，打手槍是一般年輕人解決之道，不過對老芋仔可是一點屁用也沒有。我突然想起我小學時看過的一部黑白電影《最前線》，電影廣告最顯目處寫了一句令我印象深刻至今難忘的廣告詞：「全片沒有一個女人」，二膽在最前線，全島也沒有一個女人，卻一點都不值得炫耀，反而棘手問題層出不窮，對如何解決性需要，說實在他們太抬舉我了，我自己就是一個大菜鳥，剛從銀蛋（Intern 實習醫生）蛻殼而出，羽毛未長，他們當我是性學教授？

註

・小本的：五〇至六〇年代路邊書報攤偷偷販售的非法色情小說，文圖並茂，薄薄一小本，每本四十八頁。

輸人不輸陣，在軍中不懂就被人看扁，我裝出一付老成且若有所思的樣子，連輔看我一臉稚氣，似乎也思不出個鬼東西的樣子，於是繼續說下去：「事不宜遲，指揮部馬上將此事向上級呈報上去，緊急申請女人支援。」

他轉向我，「醫官到時候這件事就麻煩你了！」找我來原來是要交代任務的。

「什麼事？」

「八三么女人那檔事。」

八三么也歸我管？我豈不是老鴇？醫務所變成怡紅院，天啊！我無法想像在曾權充囚床狹長的手術台上翻雲覆雨是怎麼一番景象。

「輔導長是說在手術室……？」

「不對！不對！康樂室有兩個小房間，鑰匙現在交給你，等下叫你的手下進去整理整理，隨時備用。」醫官變典獄長再變老娼頭，每下愈況。

「女人要來了！」消息一下子傳遍全島各角落，雖然確切日期還未定案，但二膽一下子由死氣沈沈中突然復活，好久不見的活力與朝氣再度顯現，生命頓然有了新的意義，人人喜形於色……

「你上不上」「等不及啦」，是最近相遇時的打招呼用語。大家見面互相道賀，宛如慶祝八年抗戰勝利，我要好好見證這一頁偉大的歷史。

【第十七章】女人來了！

這是一個偉大的日子，二膽天氣少見這麼晴空萬里，輕輕吹拂的海風混雜著鹹味及歡愉的氣氛，帶節奏的海浪沖岸聲彷彿是一首熱情浪漫的交響樂。

我發現大家不約而同地換上一套乾淨筆挺的軍裝，皮鞋也亮了許多！昨天醫療單位五個衛生兵已把洞房再整理一新，床上鋪上一層乾淨床單，夜裡幾個兵都努力擦了澡，還翻箱倒櫃紛紛找出汗漬最少的衣物放在床頭，站衛兵時還聽到有人在哼歌。

爲了見證體驗這個特殊日子，我起了個大早，刮了鬍子，擦亮三個月來未曾保養過的皮鞋，拭掉皮帶銅扣上的銅繡，並磨光。

出發前我不忘到山頂洞房再最後巡視一番，

並交待他們開始生火，燒一大鍋熱水。看到醫務室前那個特大號鍋子，我不禁想起上個月在裡面泡過的那條大肥豬。

爲歡迎即將到來的嘉賓，八點不到，我與指揮官、連長、連輔等人至碼頭迎接。爲表慎重其事，指揮官還派人開了吉普當禮車。二膽島很小，走路繞一圈也不用多少時間，吉普車根本沒有機會使用，印象中這輛車在二膽除了禮遇小姐，只開過兩次，即爲賴名湯參謀總長及于豪章總司令來訪時。我們興奮緊張地等待著，旁邊還夾雜著一群無事趕來看熱鬧的弟兄。

八點準「噹！噹！噹！」鐘聲響起，二膽生活起居全靠敲擊，由共軍砲彈殼打造而成之鋼鐘來通知，白天船隻來時也靠敲鐘示警，但見成功快艇由大膽方面快速奔駛而來，逐漸靠近，不旋踵即靠岸，海邊響起一陣歡呼聲，幾個著短褲裸上身的碼頭公差馬上扛著踏板迎了上去，鋪在海邊以免小姐上岸時玉足沾濕。

另二位幸運公差由船上將小姐背下，短暫的豔福吸引了所有欣羨的眼光並引來一陣歡呼，一切都在興奮愉快的氣氛之下順利進行，那兩位小姐的一舉一動如超級磁鐵，吸住所有官兵的眼光，雖然舉手投足之間頗爲尋常、無奇，但卻總能激起陣陣歡笑聲。

成功快艇約定下午四時接人，馬上快速急駛離去，指揮官趨前握手致歡迎之意，兩位小姐即刻搭上禮車，緩緩駛上斜坡開往位於二膽最高處的康樂室。雖未鳴鑼擊鼓開道，但在一群官兵興致勃勃簇擁之下，前呼後擁，風風光光，氣氛猶勝巴西嘉年華會，當年麥克阿瑟將軍經過多年血戰重返菲律賓，下船上岸的情景無法相比。

當然我們這兩位姑娘比他厲害多了，不發一彈單憑兩腿便能令一島國軍官兵屈膝投降。一路上，所經過之據點因站衛兵任務在身不克前往迎接的弟兄都探出頭來打招呼，或行注目禮。到達臨時八三么，即離醫務室不遠的康樂室，室外早已聚集了一群看熱鬧的官兵，臨時擺在樹下賣票

一路上，所經過之據點，因站衛兵不克前往迎接的弟兄，都探出頭來打招呼。

一個負責大鍋燒熱水，一個負責來回挑冷水，一個負責事後清理房間，換一臉盆乾淨溫水，一個賣票。

的小桌子前早已排了一大票士官長，大家都想搶個新鮮開開洋葷，小姐的蒞臨立刻引起了一陣騷動，歡呼聲、掌聲、口哨聲齊鳴。

「醫官，交給你了，讓小姐稍微休息準備一下，即可開始營業。」連輔簡單交待了一下今天的日程表，並遞給我兩本士官兵「娛樂券」然後離去！一本士兵票每票十二元，比一瓶啤酒還便宜，另一本士官票要十七元，軍官二十元，軍官人少不另設票券，以士官票暫代，於是我開始了龜公生涯的第一天！

醫務所除了士官長不屑八三么，自動留守及一士兵無奈站衛兵外，傾巢而出，一個負責大鍋燒熱水、一個負責康樂室及醫務室之間來回挑冷水、一個負責每次事後清理房間、換一臉盆乾淨溫水，一個賣票，我綜理全場偶爾下海客串賣票，這天醫療單位呈全休狀態。

在這樣一個偉大的日子裡，誰還有閒情生病，甭說拿藥了！軍中倫理，敬老尊賢，康樂時間區分三段，早上八至十一點屬士官長，因爲他們快憋死了，先救急；午餐後中午十二點至下午二點午休時間較隱密歸軍官；下午二點至四點輪到士兵，職位最低只能吃回鍋剩菜，聊勝於無。

開始賣票，我發現這些排在前面，屆臨退伍、兩鬢斑白，祖父級的相公們，就如一群聖誕節排隊領玩具的小朋友。個個精神抖擻、興奮異常，互相推擠揶揄，不時傳來宏亮的嘻笑聲，與平時哼哼唉唉，這裡痛、那裡疼混身不舒服，吃藥如吃飯的士官長怎麼也無法聯想在一起。

姑娘只有兩位，人分單雙，票也單雙，依續辦事。買了單雙各第一號的兩位士官長很驕傲的舉起票來接受群眾拍手歡呼，如得奧運冠軍，只差沒有升旗奏樂。那單號第一名士官長是個老病號，平時經常關節炎，打針吃藥，不良於行，今天他怎麼能在開放陣地後，第一個跑到醫務所排第一號？我百思莫解，望著他手揮舞著票腳步輕快，在群眾鼓掌之下進入洞房，頓覺得醫學能力有限，「性」法無邊，戰地鴛鴦，愛情不管多麼短暫都比醫藥偉大。

中午陣地關閉，全島士官兵全部歸隊是屬軍官時間，但沒人買票，兩位小姐由醫官接待，在醫務所用過簡單午餐後甚覺無聊，醫官權充導遊帶小姐四處觀光，到指揮部、觀測站看高倍望遠鏡，眺望鼓浪嶼高級住宅、廈門大學學生及廈門漁民捕魚風光，甚至對岸共軍活動等等打發時間。

觀測官北部某大學理工畢業，白面書生一臉孩子相，身材不高，來二膽已近一年，忽見兩小姐翩然而至，驚爲天人下凡，乃殷勤解說巨細靡遺，這時我才有時間仔

小觀測站碉堡內擠了四個人加上兩顆狂跳不已的心，氣氛令人窒息。

細打量兩位小姐。她們並未如想像中的濃粧豔抹、花枝招展，只有薄施脂粉，衣著簡便，但仍隨風傳來陣陣迷人心竅的女人香。在這周長不及二米之小觀測站碉堡內擠了四個人加上兩顆狂跳不已的心，氣氛令人窒息。

我注意到兩位小姐中那較年輕的猛看望遠鏡，並與觀測官吱吱喳喳談個不停，觀測官早已神不守舍、魂飛天外，目光緊黏在她身上未曾片刻分離。那位年長一點的著短袖上衣及短褲，白皙的手臂刺有一隻鮮豔欲飛的彩鳳，她獨自抽著長壽菸，由槍口茫然望著遠方，一言不發，若有所思，我極力找話題來打破沈默。

「妳不想看望遠鏡嗎？」

「這個望遠鏡二十年前我就來看過了，一點也沒變。」簡單的回答令我倒吸一口涼氣，心裡像挨了一炮。

「妳貴庚？」我不敢問出口，聽說這些姑娘都大有來歷，到前線勞軍是抵刑期的，搞不好她是殺人不眨眼的女魔煞、苦海女神龍，我不自覺地退了一小步，體溫降了許多，心跳也緩了一點。

在這日出起床、日落睡覺的小島，單調乏味的生活已使人漸漸不僅失去方向感、時間感，連女人感也變了！正午日中當中，康樂室位於二膽最高處，經過烈日烤焗，裡面溫度已近沸點，說它是人肉蒸籠應不爲過，我懷疑加上士兵的熱情會不會爆炸。

下午二點整，鐘聲響起，陣地甫開放，就有氣喘吁吁、爭先恐後的士兵跑來排隊依序買票進場，每一個兵事後出來都是全身濕透、汗臭淋漓，不斷以手揮汗、張口呼氣，無一倖免。有人難耐炎熱，不及著衣裸露上身，奪門而出，以手上衣服狂扇不已，不過共通點是個個很多兵爽過以後馬上跑步回去替換衛兵，使每個弟兄都有機會一親芳澤，我突然發現排在後面小兵有點面熟。

「喂！你不是剛進去過嗎？」

「醫官，一次怎麼夠！已經三個月沒辦事，都快滿到喉嚨了。」一陣笑聲過後另一人又補了一句：

「不稍微疏通一下，這種天氣不中暑才怪！」又是一陣笑聲。

戰地春光無限好，只是近黃昏，已經快四點要收攤了，向隅同志只好抱歉了，請回駕吧！先行自摸解決，下次請早！那天共賣了七十九張票，平均一個小姐接客約四十人，二膽島近半弟兄獲得短暫解脫。小姐們感謝我們一天的辛勞，給了我們醫療單位一個小紅包加菜，祥仔亦在百忙之際，乘隙幹了一票，我與連輔護送兩位爲爲國捐軀、功德圓滿的小姐上碼頭，成功快艇馬達噗噗作響，蓄勢待發。

臨行前連輔問了一個蠢問題：「累不累？對二膽印象如何？」

年輕的小姐說：「洗身水怪怪的，上面好像浮著一層油，裡面還看到幾根很粗的毛。」想到那頭肥豬，我咬緊下唇以免笑出聲來。

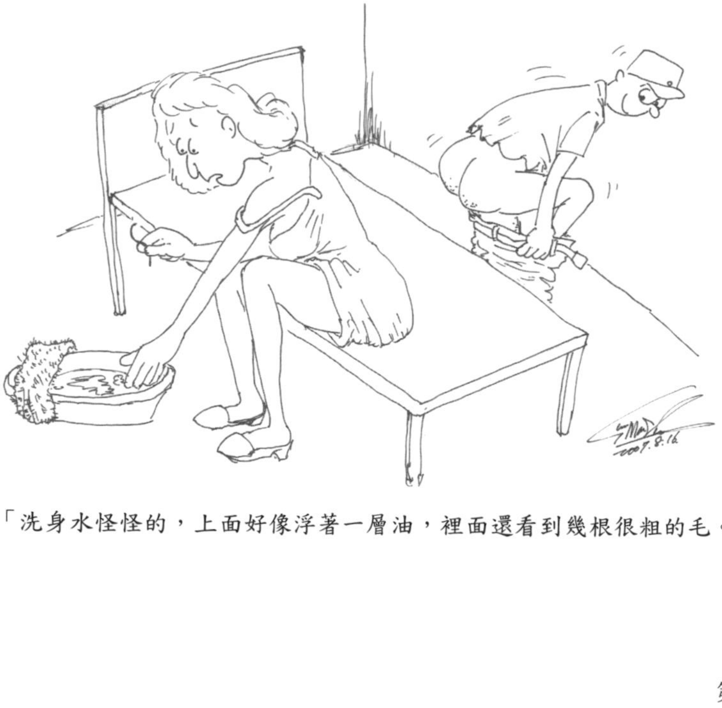

「洗身水怪怪的，上面好像浮著一層油，裡面還看到幾根很粗的毛。」

「二膽官兵不夠看，尤其是軍官連一個男人都沒有。」那位刺青的小姐上船時留下這麼一句話，在我們耳際纏繞不已，我與連輔呆立在岸邊，望著快艇逐漸變小，連上漲的潮水悄悄地爬上褲管都沒有感覺。

【第十八章】醫官，眞想一槍把你給斃了！

浪漫不羈的菜鳥少尉醫官，飽經戰亂流離的老芋仔士官長，兩個生活習慣、教育背景完全不同的人，在一個莫可奈何的時空湊合下，一起生活在最前線的一個碉堡裡，各擁槍械，萬一心情鬱卒，衝突起來，兵戎相見，是一件相當棘手而且恐怖的事。面對著失去理智、以抖動的槍口對著你的老芋仔，反應稍有不慎，付出的代價，可能是看不到明天的太陽。

五十年代的老芋仔滿腦子反攻大陸、消滅萬惡共匪，拯救苦難同胞，每天都在痴痴地等待反共號角響起，好回家鄉看爹娘，與現實生活完全脫節。在二膽每次聽他對衛生兵精神講話，就忍不住搖頭嘆息，這是誰的錯？他深信大陸同胞仍生活在水深火熱之中，等待國軍解救，有一次我由觀測站回來，談起看到對岸共軍在打籃球、理

髮悠哉悠哉……，他頗不以爲然地說，「不可能，匪兵每個人都被嚴格控制，單人站衛兵都要用鐵鍊鎖住，不然全投奔自由來了……」

我很驚訝地發現他們軍旅生涯中，封閉的生活空間、有限的知識交流，竟然嚴重至此，不管你如何向他說明，效果仍是「零」，他仍深信大陸同胞是啃草根、吃樹皮過日子的。他們生活相當節儉刻苦，連小兵煮白蘿蔔切掉的莖葉都撿起來裝瓶作泡菜，他把「當兵」視爲終身的事業，是很嚴肅的，他的將來全都在退伍金，這是他的命根子、他的所有，一點玩笑也開不得。

服役對我來講，是必然，不是偶然，更不是選項，有期徒刑一年，總希望趕快平安渡過。也許個性使然，我希望軍旅生涯也能過得很浪漫，不必那麼嚴肅，然而浪漫與嚴肅卻是衝突之導火線。我與士官長首次共事是在小金門準備上二膽時，我去巡視一下醫務所順便會會我未來的手下，士官長問我能不能爲一個包皮過長的士兵開刀，他說從來沒有看過此手術想要當我助手。在后頭被封刀，如今恢復自由身，反正閒著也是無聊，就叫他馬上消毒器械，準備好後我戴上手套忙著爲病人消毒、上麻醉準備下刀。

忽然一隻手，一隻沒戴手套的手伸過來幫忙！

「嘿！這是怎麼回事，你怎麼沒戴手套？」

「醫官，你戴就好，我不必了！」他很客氣地禮讓著，爲了節省國家財物他只消毒一付，不過這是天大的錯誤，一個戴一個不戴，毫無消毒觀念，我好不容易說服他，所有參加開刀的人都要戴手套，不管官階大小，絕對不能省，請他多消毒一付並幫他戴上。原來他第一次戴手套，我像教學生一樣向他簡述了一下無菌觀念，並告訴他戴上手套沒事時，雙手緊抱放在胸前不能亂碰東西，以免污染，然後轉身重新準備。消毒好後抬頭一看幾乎昏倒，他雙手緊緊地抱著貼在胸前，手套污染了，我又中止手術，再請他重新消毒手套，這時他已相當不悅，以爲我在吹毛求疵，故意找碴。

「他媽的！我當醫務士官長多年，參加剿匪抗戰，東征西討，南北轉戰，處理過多少傷患，二、三十年來就不需要手套，什麼無菌有菌的。」

手術在不是很愉快的氣氛下順利完成，他的回答提醒了我他的時代背景、思考模式還有代溝，畢竟他的年齡是我的兩倍再多一點，想到一個戎馬一生、顛沛流離的老士官長，與一個瀟灑脫俗、不拘小節的年輕預官要在同一屋簷下一起生活幾個月……，我不禁憂心忡忡。

我手下除童士官長外有五個士兵，欽仔的學歷最高，高中畢業，看起來最聰明，我挑他當我門診的助手，幫忙包藥、打針。祥仔則對女人最感興趣，最常上八三么，因才所用，我封他爲三七仔祥，掌管女人之事。旺仔是農家子弟，非常刻苦，很愛乾淨，衣服、內務、擦槍之事交給他處理（有酬勞的），興仔及原住民德仔，一個殺豬一個屠鼠，都是殺手，共匪來犯時，可爲先鋒。

有一個比較特別的是，五兵中除祥仔瘦瘦的一付三七仔相，其他四人都是體格壯碩、孔武有力，如電視上的摔角選手，莫非選來衛生單位打戰

小兵喜歡模仿電視摔角表演，看過幾次以後，千遍一律，不想看了。

時抬擔架用的。剛到二膽白天沒事時，欽仔及德仔兩人喜歡脫掉上衣，只剩內褲，模仿台灣當年才引進不久，相當罕見的電視摔角選手表演給大家看，初時尚覺新鮮，惹得大夥笑彎腰，幾次以後千遍一律不想看了。

醫療上，在上二膽以前，步兵營沒醫官，他掌理全營醫務所一切醫療有關事務，包括處理一些小病號，不能處理者才往后頭送。到二膽以後，所有病患都不再找他，連他的一些老芋仔朋友都向我求診，這當然也引起了一些不快。看病給藥一定要用英文開處方，但我懷疑他根本不懂英文字母，因爲他的處方似乎是對照藥瓶上的標籤所畫的象形文字，這常引起抓藥衛生兵之譏笑。士官長姓童，不高的身材配上細細的骨架，人如其姓，小兵背後都稱他爲「囝仔」。

醫療上的問題逐漸浮現，生活上的不協調更令人頭大！在二膽，屬前線戰區不需每日集合，早點、晚點。內務、服裝要求應該可以較不嚴格，我最討厭整理內務、疊豆腐干棉被，本以爲可以輕鬆一下，不料士官長卻仍堅持每兵內務必須照舊，棉被四四方方、有菱有角，食古不化，衛生兵不敢造次，但我是他上司，事情便有點棘手，我告訴他不必這麼嚴肅，他卻跟后頭時營輔一樣，回我說不這樣怎麼反攻大陸，夫復何言。

每天調配不同飲料享用，將其心目中幾十年來吃苦耐勞之偉大革命軍人形象破壞無遺。

寢室內因我是軍官有一小桌子，可以點蠟燭批公文，上面擺滿了醫學的書籍及一些各種品牌的咖啡、可可、阿華田、牛奶甚至私自帶進來的大麴酒，瓶瓶罐罐琳琅滿目，這些東西平時以不同濃度及比例，調配享用，讓我獨自排遣消磨不少無聊時間，指揮官或連長或其他預官來訪時更是聊天殺時間的待客珍品，卻是士官長的眼中釘。

當兵不得有私物，尤其是酒在二膽可是違禁品，有錢買不到的，他老請我收起，他不能命令我。全寢室，內務整齊劃一，我那床除外。我也從來沒洗過衣服，在后頭每天定期會有阿蘭、阿秋兩漂亮姐妹花來收洗，在二膽我不想命令小兵服務，我花錢請小兵代勞，重賞之下必有勇夫，因此洗衣問題解決了，擦槍也比照處理。說實在，我不會分解手槍及卡賓槍，七年前在成功嶺所學分解重組七九步槍那一套不管用了。

這些紈褲少爺兵似的舉動，在士官長眼中簡直匪夷所思、大逆不道，將其心目中幾十年來吃苦耐勞之偉大革命軍人形象破壞無遺，他心中必定咬牙切齒很不平衡，他不時很不以為然的對我說：

「醫官，你根本不是在當兵，你好像是來露營渡假的。」是有幾分眞實。我並不覺得是諷刺，我確實是有意要讓服役這一年過得浪漫有趣一點，不必那麼嚴肅窩囊。只要醫療工作做好，盡了責任，平時輕鬆一下又有何妨？這些生活點滴、觀念差異，慢慢地發酵而終至於兵戎相向一發不可收拾，我也差一點為國捐軀、命喪異鄉、埋骨荒島。

軍人的生活空間狹小、封閉、單調乏味，日復一日、年復一年，實在非外人所能想像，造成這些老士官思想落後、與時代脫節，簡直不知今日是何日，滿腦子抗日剿匪，由他們來帶兵打現代戰爭我實在不敢想像，醫療士官長統領全營醫療班，但自己卻完全不懂醫療，連消毒觀念都沒有，萬一打起戰來我不敢想像我的手下能幫我救人，我眞的很懷疑。

經過了三個月的神經緊繃，大家對二膽生活逐漸適應，心防也逐漸鬆懈，據點與據點之間互相多了一些來往，醫療班與洞八（08）據點之間相距不到二十公尺，沒有界限，平時在一起很快就熟悉了，其據點指揮官C君也是預官，某大學文科畢業後當了「黑牌政戰官」，本來看他領掛蜘蛛標根本不想理他，最後知道他不是政戰學校畢業也是普通預官，才成爲朋友互相拜訪交談。

那天飯後我又帶了一小瓶口袋型瓶裝大麴到其碉堡剪燭小酌，他的碉堡內有一輛二次大戰報廢的美軍坦克不能開、砲筒被截短、射程有限，當防衛砲使用。大熱天，坐在涼涼的坦克上面消暑很舒服。

大熱天，坐在涼涼的坦克上面消暑，很舒服。

照規定，五點關閉陣地以後各陣地之間不得互相往來，我們兩陣地中間並無界線也沒有鐵絲網隔開，因此即使關閉陣地時間也常在一起閒聊至天黑，聊著聊著時間很快過去，再過四十分我又要站九點到十二點的衛兵，這時祥仔來了，看了花生及酒一屁股坐下也就不客氣喝起來，到了近九點該回去站衛兵了，於是帶著不捨得走的祥仔回家，這時他才想起士官長叫他來請我回去，這糊塗的傢伙，不知道士官長找我有什麼事。

走出碉堡一陣冷風襲來，我不禁打了個寒顫，拉了拉夾克衣領，低著頭快步朝黑暗中走去，三兩步就回到家。

「卡擦」子彈上膛聲，在寂靜的暗夜中顯得特別清脆刺耳，猛抬頭見一枝抖動的步槍正指著我，在搖曳閃爍的燭光下背光站在門口士官長那瘦小的身子似乎變得好大，慘白的臉因扭曲變形而顯得特別猙獰恐怖！

「醫官，你太過份了，關閉陣地後還跑出去聊天喝酒，叫也叫不回來，你不要命，我可還要命……眞想一槍把你斃了。」他以顫抖的聲音破口大罵，把長期累積滿腔的怨怒與不滿，一股腦地傾洩而出。

「醫官，真想一槍把你給斃了。」

我則呆立當場、瞪大眼睛望著眼前那抖動不已的槍口，心臟似乎停止跳動，雖曾小酌幾杯，我腦筋可還清醒得很，一直提醒自己要冷靜應付，不得衝動——冷靜！冷靜！再冷靜！忍住！忍住！再忍住！我不曉得應舉起雙手，還是繼續保持原狀不動，我衷心祈禱他那平時就有點抖動的食指穩住，別觸動板機。

對峙多久不得而知，但對我來說卻有一世紀那樣長，直到槍口離開眼前，我才恢復呼吸。

他發飆以後轉身進入寢室，倒頭便睡，背向著我，事不宜遲，我趕忙進去抓槍，手槍、卡賓槍都上膛放在床邊隨手可以抓得到的地方，槍口對著他隨時可以開火，只要他再動槍我就先把他幹掉。

我想抽支菸，可是幾次點菸都沒有成功。雙唇間震顫不已的長壽菸與抖動不停的打火機老對不準。寢室內衛生兵的打鼾聲此起彼落，我實在無法想像，發生這種事他們怎麼睡得跟死豬一樣。我一點睡意也沒有，我必須喝下很濃很濃的純咖啡，一杯接一杯，菸一根接一根，有如驚弓之鳥，我要保持完全的清醒、警戒，一剎那也不能闔眼。

服役八個月以來我已看過太多的意外和死亡，我可不想在二膽再添加一個冤魂，那眞是最恐怖也是最漫長的一夜。我望了桌上成堆的菸屁股及已挖空的咖啡罐開始覺得喉嚨乾燥疼痛、有點噁心，朝陽再不趕快東昇，我就要死於吸菸過度或咖啡中毒了。

朝陽再不趕快東昇，我就要死於吸菸過度或咖啡中毒了。

床頭殘燭深解我心。
它為我垂淚到天明。

天一破曉，我馬上跑去向指揮官報告：「醫官，這件事遲早要發生，看樣子你們倆是不可能在一起了，我看你就搬來指揮部算了！」

於是馬上打包離開醫務室，搬入指揮部一個空床，我用手電筒照了一下床頭名牌，原來是那位曾在我手術室爲階下囚的班長的床鋪，人生眞是充滿著意外，我又得面對一段全新的旅程。

那一夜，長夜漫漫，我半倚在床邊，望著床上一堆不知該擺在哪裡的雜物，百感交集，了無睡意，四周一片昏黯死寂，只有床頭殘燭深解我心。因爲它爲我垂淚到天明。

【第十九章】我縫的狗皮比人皮多

搬到指揮部是好是壞？福禍難測！不過有一點是確定不疑的，住宿品質差多了，醫務室屬地上鋼筋水泥建築，住處空氣光線較好，爲二膽數一數二；在指揮部則住在班長寢室，係在地底下，有如越共坑道空氣不流通，很容易缺氧昏睡，醒來時以手電筒照錶顯示兩點，你無法分辨是下午或是凌晨，外面颳風下雨或豔陽高照一概不知。

某日午覺醒來下床，發現腳踩在水中，臉盆、皮鞋在水中載浮載沉，才知外面下大雨。坑道內陰暗潮濕，伸手不見五指，老鼠特別猖狂，到處亂竄，肆無忌憚，恨之入骨，又想到士官長鵲佔鳩巢，更氣從中來，仍提筆寫下五言打油詩一首，藉鼠諷童以洩心頭之恨，題名爲〈告鼠文〉貼於床頭，每日以蠟燭或手電筒打光，拜讀再三，如讀國父遺囑，共24句押韻詩，肺腑之作，劉通訊

午覺醒來下床，發現腳踩在水中，臉盆、皮鞋在水中載浮載沉，才知外面下大雨。

官見之，讚賞不已，也抄一份貼於其床頭。另也寫一首〈無題詩〉抒發情懷。

〈告鼠文〉

鼠輩呀鼠輩　同是寄生蟲　相安本無事　何以屢相欺
夜裡老來擾　難道吃不飽　同病又同命　相鄰須相憐
互敬應如賓　共生多樂趣　你我君子約　住事一筆勾
在此藏龍居　咱倆互尊重　河井不相犯　好聚又好散
希君善為之　倘誰把約違　反目竟成仇　彼此不好看
敵我難共天　莫怪俺心狠　鼠輩呀鼠輩　君以為然否

〈無題詩〉

胸有凌雲志　腹容撐船量　度非將相才　誓為濟人醫
年來運乖戾　宏願不得伸　龍游淺水灘　竟遭魚蝦戲
人爭一口氣　佛要一爐香　連番逢奇辱　可忍孰不忍
吾非泛泛輩　見識豈一般　受得恥中恥　方為人上人

坑道內陰暗潮濕，老鼠特別猖狂。

世態多炎涼　俗人不可耐　人間且遊戲　遇事須灑灑
算算退伍日　尚餘百廿天　成敗論英雄　且看卸袍時

在醫務單位，白天在醫療室爲來自各單位之弟兄診病聊天、抱抱小黃，日子比較好過，如果不怕熱，中午午休時還可勉強在樹下看看書，但這事很少發生。因爲二膽樹木營養不良，枝木稀疏不遮陽，日照又太強、太熱，加上國考泡湯，無執照，醫院申請也免談，哪裡還有心情讀書。

下午五點日落後，吃完晚飯到天亮這段時間最無聊，只能守在寢室不敢出去亂走動，想學古人剪燭夜讀，但在昏暗又晃動不停的燭光下看書，眼睛實在辛苦，一點也不詩情畫意，與古詩所述，相差太遠。想睡又睡不著，坐著發呆又須面對士官長及幾個衛生兵，話不投機半句多，互相間又早就言語無味、無話可談，到二膽沒

幾天就談光了。

教會他們下棋，對玩時程度差太遠毫無意思。於是每天只好調配各種酒類、咖啡、可可、阿華田、牛奶等等，以不同的材料、不同的濃度來混合品嚐，殺殺時間。在狹小空間裡，陣陣的香味常引起他人側目，長期跟他們分享，他們不好意思；獨自享用我又不好意思，裡外不是人。

搬來指揮部雖然已經一段時間，但仍無法忘懷醫務室的單人床及書桌，更懷念小黃，晚上睡覺時小黃都在我床邊，很少亂跑，夜半出去小解時陪我出去，白天跟著我到門診，無時分離。

尤其獨自睡在陰冷潮濕滴水的坑道，午夜夢迴，倍感寂寞，夜深人靜更懷念起小黃。小黃屬醫務室，是據點財產不得隨我離開。

「小黃今夜你在哪裡？」二膽的狗共二百多隻，分佈於二十二個據點，各據點的狗各守各的地盤，互不侵犯。夜深人靜時，偶爾傳來幾聲狗吠。

記得剛到二膽時，夜間關閉陣地後，各據點都把狗放出於據點內巡邏，有一夜，小黃突然消失不見，遍尋不著，洞九（09）據點只有小黃一隻狗，沒有牠陪站衛兵，那還得了，這時突然從二膽末端兩洞（20）據點傳來群狗亂吠、激烈纏鬥，咆哮互咬間或夾雜慘叫聲，二膽的狗好像全集中到兩洞據點去了，不知怎麼一回事！

翌日天亮，陣地一開放，很多士官長及小兵抱著狗來療傷，大都皮破血流，有些還需要縫合，小黃也臉頰、鼻頭流血，還好不嚴重，這我才發現，二膽的狗除兩隻狼犬軍官外都是雜種土狗，隻隻身經百戰，兇悍無比，而且傷疤累累，昨夜就是因爲兩洞據點有一隻母狗懷春，群公狗狂奔而至，爲「愛情」咬成一團。

就這麼一次，我所縫合的狗皮就比半

我縫合的狗皮比人皮還多。

指揮官手持打狗棒，萬一遭群狗圍攻，可以防身。

年內所有人皮的總和還多。以後各據點學乖了，遇有母狗懷春，公狗不可全部放開，不管怎麼吠叫，都需綁在據點內，陪同衛兵站崗。

二膽最重要之港口洞么（01）及最遠端兩么（22）據點，各配有一隻狼犬，官拜中尉及少尉，領軍官餉，有專屬侍從兵服侍，聽說相當有靈性。二膽流傳一個故事，有一侍從兵每日偷偷剋扣狗中尉軍餉，中飽私囊，沒用所有軍餉買東西餵狗，結果臨退伍前被狗咬死，狀甚悽慘。

指揮官及連長每天都會出去全島巡邏，出巡前會先叫通訊班打電話到各據點，把狗栓好，指揮官手持一長可及身之打狗棒（鐵條），有如國畫中的山中老翁，在荒山中持仗踽踽獨行，萬一遭群狗圍攻，可以防身。二膽狗隻都有財產編號，列入移交，所以生生不息、愈來愈多，沒人敢宰狗吃香肉。

指揮部有一台電視，是勞軍品，全新，已放了很久，還未拆封，因為捐贈的人不知道二膽沒有電；離島前線有時有些事眞的莫名其妙，二膽有籃球場，但籃球是違禁品；醫療室及康樂室之間，有一設有沖水馬桶之廁所，但沒有水（賴名湯參謀總長、于豪章總司令來訪時例外）；某日，劉觀測官宣布請大家看電視，這可是大新聞，只有指揮部的人才有眼福。指揮官及所有指揮部官兵都拭目以待，已快一年沒看到電視了。

通訊官掌管二膽對外聯絡管道，一天

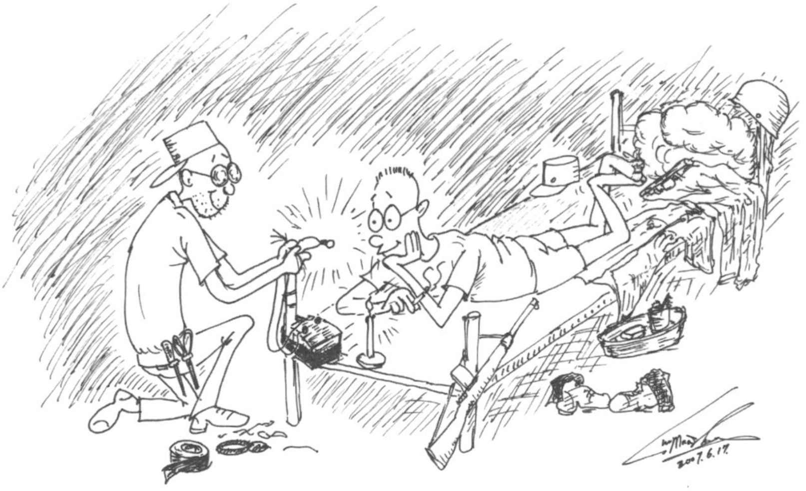

通訊官為我組裝了一個小燈泡。

二十四小時，分分秒秒不能斷訊，因此其單位軍用電池供應源源不絕。我平時只能在搖晃閃爍的燭光下看書寫字，跟劉官混熟了以後，他是通訊官，接電線、通電流是他的專長，爲報答我的大麴酒，他特別爲我組裝了一個小燈泡（如裝飾聖誕樹之小燈泡），並斷斷續續的供應其通訊單位剩下（天曉得）之軍用電池發電，讓我偶爾可以不必在明滅不定的燭光下苦讀，功德無量。

那夜，晚飯後所有指揮部的人員，自指揮官以下，未輪值者全部擠在一起，等著看電視，興奮異常。新拆封的電視機前面坐著指揮官及衆軍官，人手一支搖扇，汗流滿面，後面圍著一群或坐或站的小兵，衆看倌既緊張又期盼地瞪著也是汗流滿面，一心專注、手忙腳亂，在電視機後竭力組裝電池、連接天線的劉官，他的背後圍著幾個通訊兵，手持手電筒，打光照明。在昏暗漆黑的指揮部，眼前正活生生上演著的這一幕，本身就是一齣精彩絕倫的荒謬喜劇。

在前線，電池是管制品，實報實銷、得來不易，不太可能有剩餘。劉官不知怎搞的神通廣大，居然能收集到剩餘電池可以發電來看電視，了不起！可以得到青天白日勳章。等到好不容易搞定，一切就緒，宣布開始時，大家已迫不及待趨前靠近電視，翹首屏息，扇子也忘了搖，大眼瞪著螢幕準備開葷。

螢幕突然有了亮光和嘰嘰喳喳的聲音，雖然只是一陣如心電圖不整脈，亂跳之線條，已引起大夥觀眾之熱烈歡呼及掌聲，一陣閃爍以後，螢幕突然出現熟悉的廣告，悅耳歌聲也跟著唱出「小美冰淇淋、小美冰淇淋，營養衛生真好吃；小美……」「好吃啊！好吃啊！凍凍……」觀眾拍手聲不絕，像是看到中華少棒隊在威廉波特打出滿分全壘打，正歡呼中，突然螢幕映像一陣跳動後，嘎然消失，現場觀眾滿臉驚訝。

眾通訊兵再紛紛拿出身上之手電筒圍在劉官後面打光，幫助劉官搶救電視，現場觀眾你一言我一語，忙著獻策，劉官及

眾通訊兵紛紛拿出身上之手電筒圍打光，幫助搶救電視。

衆通訊兵卯足全力仍無法回天，終於雙肩一聳，兩手一攤，宣告電視壽終正寢，當夜節目於焉結束，留下滿室愕然。

註

・威廉波特（Williamsport,）位於美國賓州，少年棒球聯盟於一九三九年在這裡成立，每年8月會舉辦世界少棒大。

在二膽出巡，人手一支打狗棒右為筆者。

【第二十章】勇闖地雷陣

有人說站衛哨的時候，很容易陷入一種探索人性道理的沉思，「哲學性」的思考會出奇不意地出現，我在二膽每晚站哨三個小時，什麼鬼東西也沒有思出來。

在沉靜的暗夜裡，在指揮部最高處站衛兵，規則而持續的海浪聲，顯得特別的清楚，偶爾傳來幾聲狗吠，點綴站哨者的空寂無聊。這時敵我雙方的心戰喊話，雖然都是嬌滴滴、甜蜜蜜的女聲，對二膽衛兵卻簡直是魔音穿耳，聲聲入腦，不僅是精神的虐待，也是耳膜之凌遲。

從前面廈門傳來的是，「親愛的蔣邦弟兄們，偉大的祖國召喚您，歡迎您的歸來……」。從後方大膽心戰喊話站傳來的則是，「親愛的大陸同胞、共軍弟兄們，歡迎你們起義歸來……」，就這樣互相喊話，苦的是二膽衛兵，夾在中間，雙

方以高分貝的擴音器，你來我往，內容千遍一律，疲勞轟炸，想不聽都不行。對方偶爾會穿插一些重要新聞，譬如尼克森訪問中國大陸之消息。但也不多，雙方互相叫囂，呼籲起義歸來等等，無聊透頂。

在暗夜裡站衛哨，雖然已經沒有剛來時緊張，但長達三個小時，只能呆呆的背槍站著，望著星空，聽著海浪，實在難熬，又不能抽菸打發時間，因此想一些辦法消磨，其中之一就是洗衣服。

我有一打內衣褲和襪子，每天換穿一件，換到沒得換。所有內衣褲、襪子又都穿過了，就要洗了！我將一個多星期來穿過要換洗的褲、襪，利用晚上站哨時通通丟進洗臉盆內擠壓，加上水，灑上洗衣粉

敵我雙方的心戰喊話，對二膽衛兵，不僅是精神的虐待，也是耳膜之凌遲。

浸泡，偶爾脫下鞋襪，站上去踩一踩，如踩葡萄擠汁，釀製葡萄酒，雙腳左右踩動，既練腳力，避免打瞌睡，又可打發不少時間，這一來衣服就不需再揉搓，翌晨以清水沖掉肥皂泡泡，再取出擰乾，晾在指揮部最高點，如果隔天忘記就再多泡一天，消毒久一點。這樣一次「洗過乾淨」的褲、襪就可再撐十幾天。站衛哨時，哲學性的思考沒有出現，內褲襪子倒是洗了一打。

洗衣服時， 站上去踩一踩，如踩葡萄擠汁，釀製葡萄酒。

我最討厭洗衣服，一生從未洗過衣服。在后頭時，有阿蘭、阿秋倆姐妹花來收洗，有時醫官也會藉故送換洗衣物去她們家，看著她們在井邊打水、洗衣，順便聊天打發時間。

輔導長總是不以爲然，怕醫官一不小心，把持不住，跌入愛情陷阱，常對我們醫官說：

「你們看到后頭那間台南冰果室沒有，如果醫官不想像那小兵下場一樣，千萬小心，別跟金門女子胡搞瞎搞！」

第一次看到后頭最高、最新、最醒目的唯一一棟二樓建築物，就覺得很特別，還取了一個很奇怪的名字「台南冰果

第一次寫生即被警告，意圖測量戰場、描繪陣地，可以匪諜論罪。

室」，整天播放著萬沙浪充滿磁性的歌聲：

「……別問愛從哪裡來，風從哪裡來，……來得急，去得快……」和鄧麗君的〈南海姑娘〉及〈何日君再來〉。尤其是鄧麗君那柔柔悠悠充滿感情的歌聲，一聲聲一句句地隨風飄到衛生連，總在天涯游子的心坎底激起陣陣的漣漪。

「台南冰果室」是烈嶼當兵者的活教材，聽說某兵服役時，與小金門女子發生關係，而不得不結婚，婚後即成爲金門人，當年金門戰地人口不得外遷，永遠不得離開金門，因懷念家鄉，故蓋一棟樓，並以故鄉命名。男主人還在想家嗎？

一到后頭，連輔即一再告誡，當地女子，少碰爲妙，否則會多出幾家「鳳山牛肉麵」、「淡水小吃店」！（我家在鳳山，周醫官是淡水人。）

前幾天正想著后頭種種，忽接后頭陳牙醫官來電，希望能來二膽一遊，請我安排，陳醫官也是高醫畢業，大家在后頭相處愉快，當然沒問題，我立刻去向連長報告。

最近二膽牙痛的人不少，我不專門又沒器械，也不會拔牙，只好專案申請支援。連長姓顧是個血性鐵錚錚的漢子，濃眉下的雙眼，目光炯炯，個性豪爽，喝酒猜拳痛快無比，

打開背包，除必要之治牙器械外，都是一些后頭醫官送來慰勞之壽酒。

平時喜歡耍刀弄槍，我相信他身懷絕技，只是沒機會表現。

我來二膽前，心想面對中國大陸那一片壯麗山河，正可用彩筆記錄又能打發時間，因此買了不少畫紙、水彩筆及顏料，準備一顯身手。不料事與願違，無法想像，第一次作畫時即被警告，說我意圖測量戰場、描繪陣地，可以匪諜論罪。彩繪對岸山水洩什麼機密，太扯了吧！只好作罷，只是帶來之筆紙、顏料不知如何處置，剛好發現連長喜歡我的畫，就以連長爲模特兒，畫一個與人等高英挺拔立之將軍像，著古代盔甲，有如戰神，雄壯威武，送給他。他很高興地掛在他寢室牆上，直到我退伍還在。

連長很給面子，馬上批准，於是陳牙醫官搭交通船前來會診，只停留半天，不能過夜，不過零點二八平方公里的小島半天也就夠看了，陳醫官來時身負一沉重背包，我迎接他上醫務室。四下無人時打開背包，除必要之治牙器械外，都是一些后頭醫官送來慰勞之壽酒，怪不得這麼重！相視一笑，盛情難卻，我一一收下，後援補給有繼，又可以多撐一段時間了！

二膽官兵除士官長外，大都年輕力壯，沒有幾個有牙齒問題，不過指揮部還是傳令下去，有牙疾者儘快來看。看完後，我帶他四處觀光一下，陳牙醫官非常滿意地離去，一再感謝我給他這個機會，因爲能到二膽是一生最難得、再多錢也不能買到之經驗。

端午節于豪章總司令來二膽勞軍及視察，指揮官一身戰鬥服裝，集合全島軍官在中山室做簡報，于總司令肩上的星星閃閃發光，氣宇不凡，渾身上下散發一股逼人之氣，不愧爲上將。退伍後一年看到新聞報導，他在一次直昇機失事後下半身癱瘓，斷送大好前程，不禁爲之婉惜。

這是一個難得的機會能與于總司令同處一小房間開會，我看得目不轉睛，印象深刻。過年時賴名湯參謀總長來訪，只到醫務室握握手寒喧兩句隨即匆匆離去，于總司令開完會

還留下與我們共進簡單的午餐，至今難忘。

于總司令離去後我發現中山室裡有一個書櫃，裡面整整齊齊地擺了一些書，看起來都很新，好像沒人翻閱過，有成套的《蔣總統言論集》、《國父思想》、《中華民國憲法》等，怪不得一如新書，無人借閱，不過我卻發現一套書《瘟君夢》，作者岳騫，上下兩集，打開一看，愛不釋手，寫的是毛澤東及其革命夥伴，包括朱德、賀龍等等打江山的趣事，嘻笑怒罵，趣味橫生，有點像寫蔣介石之京陵春夢，讓我消磨了不少時間。回台後又發現還有《瘟君前夢》。

于總司令訪問過後不久，也是夜半，突然一大群船隊，閃著明亮的船火，頗具威脅

我常常在指揮部最高處望向台灣，孤獨呆坐，若有所思。

氣勢地在廈門港口集結，漸次向二膽逼近，然後突然全部亮燈，似包圍進攻之勢，二膽全島官兵再度慌忙備戰，劍拔弩張，大戰一觸擊發，也許他們只是在演習，但已把二膽守軍嚇出一身冷汗，直到他們熄燈解散。

雖然共軍這次騷擾規模相當龐大，但我的感覺似乎沒有過年時匪船登陸那次那麼驚慌，那一次初到二膽，在醫療室全副武裝，持槍待命，但對敵情一無所知，完全在狀況外，嚇得難以自己。這一回我站在二膽指揮部最高處，望著那一群各式各樣，大大小小、五花八門的船艦，由廈門港緩緩向二膽島逼近，大部分看起來像是漁船，調動頻繁，忙得不可開交，加上猶似火把閃爍的明亮燈火，把海面照得通紅，我的感覺好像在欣賞國慶閱兵分列式。

每逢佳節倍思親，端午節過後，離退伍更接近，想家更厲害，指揮官見我常常在指揮部最高處望向台灣，孤獨呆坐，若有所思，因此常主動找我聊天。指揮官身材高大壯碩，威武挺立，帽沿上不變的是那一付大防風鏡，平時因覺其高高在上，少有接觸。但搬入指揮部後，我很驚訝的發現，他是台灣籍，屏東人，也是高雄中學畢業，是我的學長，當年台籍又是雄中畢業投筆從戎，進入陸軍官校，相當罕見，我相信他也很孤單，因爲整個指揮部的職業軍官，只有他是台籍。指揮官一上二膽島，馬上叫傳令兵爲他理了個光頭，以示破釜沉舟，誓與二膽共存亡，自連長以降的所有軍官也都跟著剃光頭，士官長及小兵也群起響應效尤。

但並非強制，我就沒跟著理光頭，自從雄中進入高醫以後就留著一頭「披頭式」長髮，直到上壽山被剃渡，只剩小平頭。我沒跟著剃光頭，在二膽我特立獨行，不寫遺書、不儲蓄、不理光頭，他們也對我特別通融，法外開恩，睜一眼、閉一眼，想到全島只有一個醫官，萬一戰爭或意外發生，我掌管生死之門，都對我客氣三分，我也謹守分寸不逾越，安全退伍最重要。幾次與他促膝長談後，我發現他堅強的軍人外表內，也有很多辛酸，他也很想家和親人，軍旅生涯，長年在外，他一直很愧疚，無法陪小孩做功課和他們一起成長。升將官之途

前排左一筆者，左三劉通訊官，左四輔導長，後排左起副連長、連長，背景為廈門。

也困難重重，如無法升將軍就要提前退伍，滿腹苦楚，不足爲外人道也。

二膽海邊全部是地雷，地雷會隨海水移動，每隔一段時間，指揮官會帶領一群工兵下去檢查。指揮官看我整日鬱卒，有一天他邀我陪他下去地雷陣查看地雷，「醫官，記得帶刺刀。」服役以來，不配手槍而帶刺刀上陣，這可是第一次。

出發那一天是下午，開放陣地以後，指揮官帶著一隊人馬浩浩蕩蕩地出發，我發現，有兩兵持機關槍，全副武裝一先行一塹後，其他都是各據點的老士官長，每一個人都拿著兩個空麻袋，看起來好像要去郊遊一樣，一點緊張氣氛也沒有。這是我到二膽近半年來第一次到海邊地雷陣，

「醫官，那邊可能有蚵仔，去挖挖看！」

因爲要穿過許多地雷，而且地雷又會隨潮水移位，因此由一群狗當尖兵，帶頭的是一隻狗少尉。

群狗先行，眾人跟其足跡緩慢前進，以防踩到移位之地雷，指揮官邊看地雷分佈圖邊走，我跟在其後，亦步亦趨，不敢偏離，直到穿過地雷區，安全抵達海邊岩石，方才鬆了一口氣。只見群士官長一擁而上，紛紛打開麻袋，撿拾海灘岩石上之海 帶、海草，原來如此，海邊無人敢來，長滿各種海草，每隔一段時間就來採收，供應全島官兵分食。

「醫官，那邊可能有蚵仔，去挖挖看！」

指揮官指著一旁的岩石，見獵心喜，馬上刺刀出鞘，衝向前去左挖右掏，群蚵入肚，一個不留。我沒有帶麻袋，也不需要，有人撿拾，我在岩石邊抓到海菜就往嘴裡送，新鮮可口，又無污染！近一年沒吃到生鮮海菜了，滿地都是，大夥能吃多少就吃多少，其他打包回去，反正到處都是吃也吃不完。

夕陽西斜，關閉陣地時間已到，大夥才依依不捨的回去，每個士官長都大豐收，扛著滿滿的兩大袋，哼著歌回去，每個據點都能享用一段時間的海鮮了。

【第二十一章】我不想再守身如玉！

指揮部是全島戰略中心，人員眾多，除了指揮官、正副連長、連輔還有觀測官及通訓官等軍官，談話對象可多了。

搬到指揮部後，三餐都與指揮官、連長、副連、連輔一起享用內容變豐富了，還可邊吃邊談公事或聊天知道更多事情，與他們朝夕相處，我對軍人的概念也開始有了一些轉變。當然我的加入，也給他們平淡無奇的軍人生活，注入了不少活氣與情趣，軍人、醫生兩個不同的人種湊在一起互相好奇、互相探索、互相學習，這是一個很難得的機會，大家在一起很快就混熟而無話不談。

一天晚餐時，連輔報告說八三么小姐又要來了！提到女人話就多了，氣氛馬上就不一樣。想到那一次，兩個小女人一登陸三兩下就把二膽大兵殺個片甲不留，給全島帶來的歡愉，眞是無與

倫比，至今仍令人回味無窮！不過臨走前那幾句話，尤其是「二膽軍官沒有一個男人」卻傷了每個軍官的心，指揮官特別耿耿於懷，久久不能散去。

「大家想想看如何雪恥？」指揮官問道。

「重賞之下必有勇夫，何不懸賞求將！」我提出了建議。

大家七嘴八舌不知該賞什麼？

「醫官捐啤酒一打給第一個上的軍官。」

上次補給船運來的啤酒一上岸全被我攔下，還捨不得享用是無上珍品，我忍痛捐出去了，他們四人瞪大眼睛，這在二膽可是大手筆。輸人不輸陣，指揮官、連長及連部各再認捐一打共四打，送給第一個「失身」的軍官，馬上叫通訊官傳令下去。

消息一下子傳遍全島各角落，議論紛紛，誰是四打啤酒的新主人？那是二膽最熱門的話題，聽說有人開始下賭注了！離女人上岸的日子越近，二膽越有生命的氣息，二膽又復活了。

觀測官Y君，台北人，也是大學甫畢業之預官，不高的身材配上一個稚氣未脫、秀氣文雅，帶黑色鏡框眼鏡的書生臉，粉紅色的兩頰及鮮紅的雙唇在白皙的臉上顯得特別明亮，他的 baby face 在一群粗獷的男人中，顯得相當突出、與眾不同。他是二膽最有氣質的預官之一，比我早到二膽，也是上個單位留下來的人員，住進指揮部沒事時，我最喜歡找他，因爲彼此談得來。此外，觀測站在全島最高點，空氣流通良好，有各種棋，包括陸軍棋、象棋、跳棋等，更令人驚訝的居然有一部手提式小唱機，還有成套的波爾瑪莉亞交響樂及許多我最喜歡的英文熱門流行音樂唱片。

「這是我女朋友爲我餞行時送我的禮物！」初認識他時，他很自豪地告訴我，令我羨慕不已。第一次去拜訪他時，他正趴在床上埋首振筆疾書，狀甚愉快，床頭點了一根蠟燭，床邊的唱機正播放著《somewhere my love》，好不寫意！

「Y兄，寫家書嗎？」

「不！寫遺書！」

「遺書？」我以爲聽錯了，手中的大麴差點滑落，在這麼羅曼蒂克的氣氛之下寫遺書？

口中還哼著，「only you,……fill my heart with love……」，這可眞是一號人物。

「你再忍幾個月就要退伍了，可別想不開！」

「醫官，你想到哪裡去了！這遺書上二膽時就已經寫好了！只是無聊，再拿出來修改修改！」

來到二膽的官兵，每人都要修遺書數封放在床頭，或交給輔導長，以備爲國捐軀時，寄回家給父母或親友或愛人，遺書開頭大部分都是，「親愛的爸爸、媽媽（或太太），當您們（妳）收到這封信的時候，我已經光榮戰死爲國捐軀，勿念……」讀來千篇一律，甚是無聊。各兵無聊時拿出來或再讀一遍，或略作修改、互相傳閱、打發時間。我不想寫，無聊透頂、莫名其妙。

夜深人靜時在觀測站Y官的寢室裡，在浪漫的燭光下，一瓶大麴在手，半躺在其床頭，耳邊傳來，陣陣柔和的英文情歌，看Y官小心翼翼地拿出一封厚厚的遺書，邊讀邊修改，他的遺書內容豐富，情深款款、充滿愛意，更勝情書，此情此景，哪像是在聽讀遺書，簡直是在聆聽一齣動人的歌劇，尤其身處地底坑道加上這明滅不定、閃爍不已的燭光，不就是歌劇魅影中的魅影在吟唱，「Christine, I love you……」嗎？聽著聽著，不禁讓我憶起后頭那伏床寫情書的暗夜。好久沒有魚雁往返，K小姐不知怎樣了！

可惜好景不常，隨著Y官的退伍日期越近，遺書越修越薄。四月去找他時遺書不見了，我看他悶悶不樂、眉頭深鎖，「遺書呢？」他掀起軍毯，讓我看到床上那一堆碎細的紙片，原來他剛收到一封Dear John letter。「兵變」是前線離島服役者的夢魘和宿命。入伍前，戀情熾烈、發燙冒火、難分難捨。一到離島，兩地分離、隔海打砲，遠水救不了近火。回台之日遙遙無期，情書往返，又經週累月，愛情聖火急速冷卻，不離也難。

在浪漫的燭光下，看Y官朗讀遺書，簡直是在聆聽一齣動人的歌劇。

見他鬱鬱不樂，我從後褲袋拿出一瓶口袋型大麴，陪他下陸軍棋。其實陸軍棋是最無聊的棋，幾個月前初見面，找個小兵當裁判，還玩得津津有味。現在互相擺什麼暗棋都了然於胸，有無裁判，都沒差別，玩起來無聊透頂，早已不玩很久了。不過看他一付失魂落魄樣，怕他想不開，只好擺擺棋，陪他殺殺時間，轉移其注意力。

我發現他眼神空洞，往日神采俱不見矣！暗淡的燭光忽然閃了一下，周遭一片死寂，我發現好似少了什麼一般。對了！音樂！今夜怎麼不見那可愛的唱機。

「Y官，放些音樂來聽聽吧！」

「醫官，唱機連唱片都賣給你，隨便開個價，順便拿回去，我不想再睹物思人、觸景傷情」。

以後再去找他時，看他經日恍恍惚惚、魂不守舍、雙目無神，而且開始問我一些無厘頭、奇奇怪怪的問題。

「性病如何預防？」「女人的私處長個什麼樣？」「如何性交？」等等。Y官是不是失戀過度、頭殼壞去！或是到二膽太久發瘋了。面對失常的好朋友，我束手無策、幫不上忙。某夜，晚飯後，我去找他，看他一臉肅殺之氣。

「醫官，我要報復！」嚇了一跳。

「冷靜點，你快退伍了，別衝動！你跟誰有仇？」

「女人！」

我一頭霧水，二膽哪來女人，跟誰結深仇大恨？天啊！Y官真的瘋了！「八三么什麼時候來？我不想再守身如玉了，我豁出去了！」原來如此，我鬆了一口氣，心中大石稍稍放下。

「醫官，快告訴我，如何上女人不得性病！」他還知道保護自己，看來精神狀態尚未病入膏肓。

「戴保險套就可以了。」

「怎麼用？」

我負責上衛生教育課，教導士官兵「如何防治性病」，言者諄諄、聽者邈邈，每講到「保險套」士官長即在下面瞎起鬨。

「明天，我到醫務所拿幾個給你，順便教你，沒問題！」二膽的保險套，原封不動，至今沒人要過，終於開張。太好了！

在小金門后頭，我負責上衛生教育課，教導士官兵「如何防治性病」言者諄諄、聽者邈邈，每講到「保險套」老芋仔士官長即在下面瞎起鬨。

「醫官，不要再吹了，你使用過嗎？」

「你會穿著襪子洗腳嗎？」馬上引起哄堂大笑，看教官稚臉生手，馬上拆台，點破機關，老芋仔也太不給面子了！我課也上不下去了。我在小金門沒有聽過有人來領保險套，老芋仔如此、小兵也被妖言所惑，令人氣結。莫怪，盤尼西林那麼暢銷。

第二天晚上，也是飯後，我拿著一盒（十二只裝）未拆封之保險套去見他。我佯裝老手，其實，我在醫學院從未見過保險套，只聽說過公衛護士教導避孕時，以大拇指示範，結果民衆把保險套戴在大拇指上，以致懷孕而怪罪公衛護士之笑話。

我也以大拇指示範告訴他如何使用保險套。

「醫官，這麼薄，萬一破洞怎麼辦？」

「你不放心，就戴兩個好了！」

「萬一兩個都破了，怎麼辦？」

「戴三個，或是免上了！」戴三層，已不是穿襪子洗腳，而是戴鋼盔抓頭皮癢，算了！不過，我還是拿了三個給他，二膽保險套太多，都快過期了！

八三么來的前一天晚上，我再去找他。

「Y官，都準備好了嗎？明天就是D day了！」

「醫官，再問一個問題，明天我上去怎麼弄？」

「我一點都不曉得，你能教我怎麼上嗎？」天啊！我自己都沒有經驗，如何傳授？但我不得不裝出一付久經陣仗的樣子。

「你想知道什麼？」

「女人的那個地方長得什麼樣？我東西南北都搞不清楚怎麼進去！」說的也是。

「等一下！」我馬上跑回寢室，找出婦產科學教科書，我記得第一頁是女性生殖器官的外觀圖。

「Y官，我來替你上一堂解剖學」，除了解剖以外，那天晚上我還給他上了一整晚

那天晚上，我給Y官上了一整晚的性交課程。

的性交課程，包括各種姿勢、絕招，那些無一是親身經歷，也不是醫學院教的，都是從一些「小本的」偷偷看來的，我蓋得天花亂墜，他聽得愣頭愣腦，離開時他佩服得五體投地，「醫官，果然無所不知，眞神人也。」

【第二十二章】可憐的童貞，再會吧！

那一天早上，兩個不同的女人準時登陸，醫療單位有了上次經驗，這次駕輕就熟，一切顯得井然有序。

早上士官長買票，依序進場，等候者除了對女人品頭論足外，最主要話題還是圍繞在「哪一個軍官要出征」上打轉。

今天指揮部爲了慶祝這一個不尋常的日子，特別請伙夫辦了一桌菜請全島軍官聚餐，這是到二膽島四個月來第一次所有軍官相聚，並請兩位小姐作陪。

平心而論，兩位都是庸脂俗粉，但在二膽這個純男性之島，看來卻都有沉魚落雁之貌。所謂外島當大兵，母豬賽貂蟬。兩位小姐雖然都是沙場老將，床第之間應付男人，都是箇中翹楚，但在十幾位軍官二十幾顆飢渴目光掃射下，仍顯得有些尷尬、坐立不安。匆匆扒了幾口飯就託詞告退，由三七仔祥帶開。

「今天這兩位小姐比上次那兩個年輕漂亮多了。」小姐離席後，氣氛忽然輕鬆起來。

「Y官你好福氣。」

「來，再開啤酒為新郎倌道賀。」Y官低頭不語、若有所思，是緊張？猶豫？不得而知。

「Y官為二膽爭榮譽，不惜犧牲童貞，事蹟感人，應該永留青史。大家敬Y官一杯」，指揮官提議。

「並希望在座其他軍官以他為榜樣，勇敢站出來，上！」四個月的枯燥生活、苦悶心情，在幾杯黃湯落肚後，杯觥交錯之間，似乎暫時消失無形。Y官幾杯啤酒入口後，滿臉通紅，心情也逐漸放鬆，對眾人之揶揄也較處之泰然。

良宵一刻値千金，中午兩點前是軍官時間，不能浪費，眼看就快一點了。指揮官說：

「Y官你看上了哪位？決定了！請醫官打電話先去安排。」看樣子醫官權充龜公是兼到底了！不過，我很樂意爲好友Y官服務。

「那個穿短褲的比較肉感帶勁。」

「Y官第一次上恐怕會受不了，那個娃娃臉的比較適配。」大家七嘴八舌。

「先乾幾杯再決定。」大夥再一同舉杯。

不到一點，兩打啤酒已見底。Y官已有點陶陶然。「是時候了，上吧！」指揮官看了一下手錶，一點準，領著衆軍官，大夥簇擁著腳步已經有點蹣跚的Y官前往洞房，十一點至二點陣地關閉，所有士官兵必須待在原據點碉堡守衛，不能外出，因此康樂室外，一片空寂，靜悄悄地，除了衛生兵不見一人，我手下早已準備妥當，祥仔在康樂室門口垂手守恭候多時。

我向祥仔再度確定中選之小姐房間號碼，可別帶錯了，然後請他帶入。這時軍官裡，有人以司儀的腔調高聲吟唱出「送入洞房」抑揚頓挫，引起一片笑聲。

指揮部傳令兵，早已在康樂室前之樹下擺上十幾張摺疊式小矮凳。一群軍官面對康樂室，依序坐著，手持啤酒，以又嫉又羨的眼光，目送著一個小男孩告別童年，走向另一人生，不再回頭。感覺就像欣賞一齣歌劇《Les Misérables》（悲慘世界）」。

康樂室與指揮部一樣都位於二膽最高點，幾乎全島各據點都可看到，那天所有據點士官兵的偵測望眼鏡都朝向此焦點集中。每一個人都很好奇，誰是第一軍官？他能撐多久？此時全島防務空虛，如果匪艦此時登陸，保證無人知曉，對岸的共匪錯失了一個攻佔二膽之最好機會。

大夥在外面緊張又興奮地等待著，時間一秒一分的過去，十分鐘！二十分鐘！三十

有人以司儀的腔調高聲吟唱出「送入洞房」抑揚頓挫，引起一片笑聲。

分鐘！初生之犢居然上陣就破二膽記錄，這小子眞不是蓋的。三十八分鐘後，洞房打開，走出一個已蛻變了的男人，只見他以手掌背擋著強烈陽光，瞇著雙眼，走了出來。衆軍官馬上起立迎了上去，並鼓掌歡呼，如迎英雄凱歸。

他並沒有如我們預期，留下來吹噓其神勇的第一次。他顯得有些不自在、靦腆。逕自回觀測站去了。留下一團不解的謎。那天那半個多小時內發生了什麼事？他不想提，因此不得而知，沒人曉得，送小姐離開二膽時我也不想問，留下一些想像空間，不也很好嗎？他一直到退伍都沒有再對我提起那件事。只是有一點是確定的，他沒有得到小紅包。

【第二十三章】醫官的春藥眞有效

五月，Y官調離二膽。少了一個聊天打屁、消磨時間的好朋友，我會永遠懷念他。尤其每次放上唱片，轉盤啓動、音符開始散發時，我特別感傷。離去前一天，他將所有不想帶走的雜物拍賣掉，我印象最深刻是一隻牙膏。

他告訴我說：「這支牙膏是我從小金門帶過來的，保證只用過一次。」

「那你平時用什麼刷牙？」

「饅頭，早餐慢慢咀嚼饅頭，就算刷牙。」

幽默的背後總隱藏著一股辛酸。

二膽缺水相當厲害，尤其是旱季，Y官與通訊官雖然和我一樣同屬指揮部，但搭伙用水卻分屬不同系統。指揮官、連長、副連長、連輔與我

五個人屬中央長官，三餐有人特別料理，盥洗用水使用比較充裕、不虞匱乏，茅房也比較乾淨。

觀測官、通訊官與指揮部其他士官兵一起搭伙，用水就不那麼方便，因爲指揮部處全島最高點，小兵從海邊唯一淡水井，每天辛辛苦苦挑上一至兩桶水，旱季只能分到一桶。此桶水必須負擔整個單位一天飲用水、煮三餐、各兵洗臉、洗身、洗衣物。因此，缺水時勉強只能夠飲用及煮三餐，刷牙、洗澡都是等閒。

在二膽幾天、幾星期不洗澡；未換洗衣服，稀鬆平常。那一年四、五月久未下雨，水井見底，情況淒慘，全島實行用水管制。由指揮部幾位軍官輪流嚴格監督分配。每天中午各據點挑派一腳程較快之士兵準備水桶，以兩點陣地開放，敲鐘爲號。鐘聲一響，各兵自據點挑水桶如跑百米，由各不同據點，急奔港口海邊之水井，依到達先後秩序排隊汲水，各據點距離有長有短，實不盡公平卻也無可奈何。

我們幾位軍官在井邊監視以防止爭執。汲水者腰部以粗繩綁著，由兩位壯丁在地上拉著慢慢下降至井底，然後以碗一碗一碗慢慢瓢水，依該據點人數酌量配給，稍夠，指揮者一聲令下，上面的兵立即把人拉上，不理會其抗議水不夠用，依序換另一人下去。後來者取用的水，只能算是水泥，即泥巴比水多的水，不像搶先者是泥水，水中有泥的水，眞是慘不忍睹。

這些水取回去後都要先用明礬沉澱後，取上清部份使用。雖名曰淡水，但鹽分很高，煮湯不用加鹽都嫌太鹹。那一個月每天靠井壁滲出的水滴，勉強維持二膽全島官兵之最基本用水，眼看無法再支撐下去，又外援斷絕，人心惶惶。

負責指揮者一聲令下，上面的士兵立即把人拉上，不理會其抗議水不夠用。

指揮官選一黃道吉日，在指揮部最高處設壇求雨。

指揮官不得已只好硬著頭皮，接受老芋仔之建議，準備一些簡單牲禮，如牛肉、鳳梨、花生等罐頭及日常食用之戰備口糧、香燭、紙錢，選一黃道吉日，在指揮部最高處設壇求雨，我躬逢其盛，眞天下一奇觀也！我不禁憶及巴頓將軍在《突出部戰役》時，爲解救巴斯通遭受德軍圍困的美軍。忽遇連續大風雪，全軍無法出動，情況危急，於是下令隨軍收師，寫一篇禱告文，祈求上天早日放晴，居然奏效，傳爲美談。不知是求雨顯靈或是巧合，幾日後二膽果然下了一陣雨，暫時解除旱象，大家欣喜不已，所以Y君說他在二膽近一年，只刷過一次牙，我一點也不驚訝。幾個月不洗澡、不換洗衣服及襪子都不奇怪了，刷牙算什麼！

Y君走後遞補的沒來，指揮部只剩下通訊官劉君一個聊天對象。劉君陸軍專修班畢業，是我所見過最邋遢，最不像軍官的軍官。鬍子不常刮、衣服少換洗、又鼻竇炎整天流鼻涕；自小學畢業以來，就很少看到鼻涕流出鼻孔掛在上唇，又再往返吸入、流出。他有高度近視，鏡片上永遠鋪上一層厚灰，透過鏡片想看清楚他的眼珠都不容易，他走路能不摔跤眞是奇蹟。還好在二膽天高皇帝遠，服裝儀容較不注重，如果在小金門，他一出門不被憲兵逮走才怪。缺水是一大藉口，或許他天性如此也說不定。

他個性不羈，但腦筋卻靈活得很，滿腦子鬼主意，跟他在一起，日子又多采多姿起來。他掌管通訊，處理二膽進出所有訊息，因此握有第一手資訊，靈通得很。譬如說哪一天八三么小姐要上岸？哪一天交通船或小漁船要來？他都先收到通知，再報告指揮官，也順便通知我。尤其是小漁船要來時。

小漁船不定期送些東西到二膽指揮部，譬如公文、信件、包裹、幾星期來之報紙等。每次接到通知小船要來，他就跑來找我，問我要不要順便走私些什麼生鮮食品，譬如鮮魚、雞鴨、豬肉等等。

我是全二膽最有錢的人。二膽所有的官兵都被硬性規定要儲蓄，反正有錢在二膽也沒有用，除了香燭、紙錢及一些日用品，根本買不到其他東西，只有我例外。我一直幻想著隨時會離開二膽，因此婉拒儲蓄。每個月發軍餉時領現金，連各種外島加給約一千多元，錢多多，無處使用又潮濕發霉。天氣晴朗時就鋪在地上曝曬太陽，也是奇景一幅。

「醫官，明天有小船要來，要不要再走私些什麼東西？」那天看完門診走出醫務室，見劉君氣呼呼地跑過來。

「你看一隻肥雞如何？好久沒吃白斬雞了。」他未等我答腔就建議。聽到白斬雞我食指大動，口水差點滴出來。

「好吧！照老規矩。」所謂老規矩

錢多多，無處使用又潮濕發霉。天氣晴朗時就鋪在地上曝曬太陽。

鼠咬鼻頭，鼻孔成三。

就是我出錢，他安排一切，包括小金門聯絡人採買，走私入島宰殺、烹調等事宜，我只等好菜上桌，大快朵頤一番。

只要貨物入島，宰殺烹調毫無問題，因爲「家已刣、賺腹內」，誰替我宰殺、烹調就可賺到所有內臟。在二膽這種地方，生鮮食品比嗎啡毒品還難取得，替我殺雞、剖魚，大可以賺到一些內臟做下水湯解饞，何樂不爲？大家爭著做，有時是雞鴨山產，有時是黃魚海鮮，視情況或時節隨時改變，神不知鬼不覺，不亦樂乎。

一日在醫院正替一小兵換藥，大腳趾被老鼠咬破，流血不止。老鼠咬人這種病例在二膽，一共看過兩個。另爲鼻尖，兩例都是熟睡中被咬傷仍渾然不知，第二天醒來看到被單血漬一

片才發覺。

太荒謬、太誇張了吧！一點也不！我同學紀醫官曾親眼看到，其部屬下衛兵後未卸裝，在離地一米半高的上舖熟睡，不小心由床上滾了下來，碰的一聲巨響，摔到水泥地上，仍抱槍熟睡，不只眼皮不眨一下，連哼一聲都沒有。

陰暗的坑道內，空氣滯積、混濁，氧氣缺乏，卸下衛兵躺了就昏睡，又深又沉，發生了什麼事鮮有感覺。我常常一覺醒來不見天日，不知是晝是夜，頭昏昏、腦沌沌、四肢無力。

「醫官，好消息！洞參（03）據點士官長打電話通知他煮了些紅豆湯，請你賞光，等下一起去吧！」劉官不知何時溜了進來。

奇怪！最近常有據點請我吃紅豆湯、綠豆湯，有時候送饅頭、包子給我，怎麼一回事？紅豆湯、綠豆湯這些東西，都是各據點士官長來二膽時，私下帶進來的珍品，各據點不約而同紛紛進貢，而且都透過劉官邀約，必有玄機。

納悶已久。

「無功不受祿，最近常有據點請客，禮多必詐，到底是怎麼一回事？他們似乎不會無緣無故請人吃吃喝喝的。」

「到時候就知道，先去吃了再說。」

「絕不！除非讓我知道怎麼一回事！」我想這百分之百一定是劉官在搞鬼，這傢伙滿腦鬼點子騙吃騙喝、無所不用其極。

「好吧！遲早要讓你知道的，就告訴你吧！」直覺告訴我內情定不單純。

「你還記得上次八三么來時，Y官的事嗎？」

「當然記得！」上次他一進去半個多小時才出來，全島官兵都驚訝不已，傳為奇談，沒有一個人相信他有這個能耐，除非有「貴人暗助」。

「這干我屁事？」

「當謠言四起的時候，有人放出風聲說醫官有秘方。」

「有人就是指你對不對！」

「你說我有什麼秘方？」

「醫官在Y官上陣前，偷偷塞了一包春藥給他。」

「春藥！！！」早上喝的稀飯差點噴出來，打從學醫以來，我就最痛恨那些誇大不實之性廣告、春藥等。

「你說我送他春藥，我哪來春藥？」

「醫官別生氣，原來是大夥開玩笑的一句話，想不到大家都信以爲眞，一下子就傳開了，我有什麼辦法。」想到最近被他拖著到處招搖撞騙、拐吃拐喝，心中眞是百味雜陳，到時候不知如何善後。

「醫官，洞參據點的綠豆湯……」我一肚子火，想不到他還嘻皮笑臉。

「你自己去好了！」

「對了！順便告訴你一件事，剛接到通知，後天八三么姑娘要來，明天門診會有很多人向你要春藥。」說完他一溜煙，就不見蹤影，我呆立當場，望著他拉出來的一大堆臭屎，不知如何善後。

那一夜，我爲了翌日門診的春藥，輾轉難眠。

第二天早飯後，門診時間未到，門外已聚集了一群人，大部分是最近請過我的士官長，三三兩兩、竊竊私語，見了我每一個人都神秘兮兮的跟我打招呼。有幾個還很曖昧地對我眨了一眼，看了眞是又好氣又好笑。

經過一夜長考，我已成竹在胸，頭既然剃了，不洗也不行了，戲要演就要演到底。我叫衛生兵去把劉官找來。他氣喘吁吁、上氣不接下氣地問我：

「醫官，有什麼事嗎？」

「當然有，這件事你是主嫌，我是共犯，除了你以外，我不能找其他人幫忙。」我指著門診外面那一群面帶無限期盼眼神，興奮莫名的官兵弟兄。

「事情萬一搞砸了，你我不被士官長剝皮才怪。」

我把衛生兵支開，帶劉官入調劑室反鎖。

「現在我們一起來調製春藥。」

「醫官，眞的有春藥？醫學院有教這個東西嗎？」

「廢話！我教你怎麼做，你就怎麼做，不要插嘴。」我煞有其事地配了一堆藥丸，包括維他命B_1、B_2、B_6、B_{12}、C及一些消氣、整腸、健胃、強身，即將過期，反正吃了不死人的大顆小粒，各色藥丸，小心翼翼地放在磨藥缽裡，並遞給他一支小藥槌：

「來吧！把這些藥丸一顆顆敲碎，並磨成粉狀，一定要攪得很均勻才可以，要不然吃出人命，你也逃脫不了干係。」

看他那生疏的動作，磨得齜牙咧嘴、滿頭汗珠，兩條黏稠鼻涕落下吸上，幾次差點把磨藥缽打翻，看了好氣又好笑，心中暗爽不已。你整我、我整你，互相扯平，幾次差點忍不住笑出聲來，但表面上不得不裝出一付正經八百的樣子，這幾顆夠他忙個一個鐘頭了。

攪和均勻後，我一包一包以紅色藥紙，小心翼翼地包裝著，以示特別；而且不能太多包以顯珍貴。我想準備驗證一下我在醫學院學到的心理學，我遞給他近二十包。

「這藥很珍貴，記得，不得隨便亂發，先給你答應過的、請我們吃過東西的。」他唯唯應諾。

「還有更重要的，千萬要交代清楚，事前五分鐘準時服用，不多不少、不早不遲，和水服下，否則無效，恕不負責。」

我得預留後步，望著他小心翼翼地把二十包春藥藏在夾克大衣口袋內，以手按著走出門診，深怕被人搶走，心中暗笑不已。

他磨得齜牙咧嘴、滿頭汗珠，兩條黏稠鼻涕落下吸上，幾次差點把磨藥缽打翻。

劉官離去後，我獨自在醫療室內望著藥櫃裡的瓶瓶罐罐，心裡不免有些擔憂，「明天是掀底牌的時候了！」

沙場戰地、桃花春風、鶯飛燕舞、春色無邊。八三么來的那天，我無心欣賞，藉故躲了起來，春藥不知效果如何，我會挨揍嗎？

醜媳婦總得見公婆，第二天早上忐忑不安地踏入門診，一個先到的老士官長滿臉笑容地跟著進來，塞了兩個熱氣騰騰的豆沙包子給我，「醫官，剛出籠的，今天下午我們的據點煮綠豆湯請你跟劉官賞光。」

「怎麼樣！有沒有效？」

「太好了。能不能再多給幾包，留著下次用。還有，據點的幾個弟兄也要！」

另一個進來就遞給我一包鮮炒花生。「醫官，給你晚上下酒！」心中大石瞬間化爲烏有，我知道我的秘方成功了，這時劉官滿頭大汗地衝進門診。

「醫官，太棒了，太有效了，下次要製造多一點，可以賣錢，大賺一把！」

「老兄，我再三個月就要退伍了，我可不想被軍法審判。」

「醫官，吃了好像沒什麼效。」一位阿兵哥悶悶不樂地進來。

「你有沒有按時間吃，五分鐘前準時服用，一分不多、一秒不少，有沒有弄錯。」

「我服藥之後，排隊排了十多分鐘才輪到。」

「你看看，時間搞砸，難怪沒效，下次再補你一包，記得時間控制好一點。」他鞠躬點頭，滿意地離去，我很高興改善了不少士官兵的早洩問題，令他們滿意！

據我粗略估計，大概一半有效，延長了上陣的時間。這很符合醫學上早洩大部分是心理問題，心藥就可以解決。

「醫官有春藥」迅速傳開，往後直到退伍幾個月內，每次姑娘要來之時，劉官與我到處騙吃騙喝，遍嚐各據點之拿手好菜、珍饈美味，日子愜意多了。退伍離開二膽前幾天，輔導長找我，扭扭捏捏，幾度欲言又止。

「醫官，不知道方不方便提，你要退伍了，很多士官長憂心忡忡向我反應，希望你能把秘方留下來，繼續造福官兵弟兄。」輔導長向我求春藥秘方一定猶豫再三、考慮許久、很難開口，但要我寫出秘方更難。

「輔導長，此秘方必須掌控很準，否則會鬧出人命，我不能留下，不過，我已經準備了一百多包，節省點用，夠最需要的本連弟兄一段時間使用了。」我還是不敢抖出眞相啊！

所謂「鬧出人命」，是怕老士官長知道後把我五馬分屍！這個祕密，隨我退伍離開二膽，封存至今，三十多年，可以解密了。

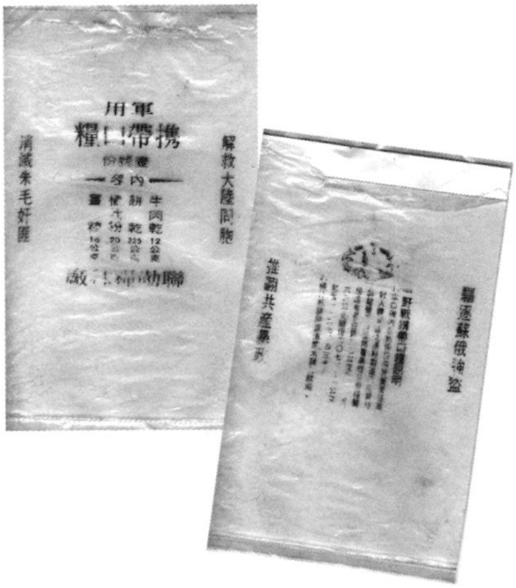

當年軍用攜帶口糧之塑膠包裝。

【第二十四章】

一女當關，萬夫莫敵

姑娘來那一天，我與輔導長照例到洞么據點，港口去迎接芳駕。成功艇靠岸時，我們很訝異地發現只有一位姑娘上岸。

「另一位小姐今早臨時肚子不舒服不能來。」她輕描淡寫，一語帶過。「但是……」輔導長有點擔憂。

「沒問題！包在我身上，保證不讓二膽弟兄失望，儘管賣票好了。」

一路上，我在盤算每次八三么來，賣掉六十至七十幾張票就算七十整數好了，營業時間扣掉中午軍官時段，八到十一點及下午兩點到四點共五小時，七十幾票一個人分不到五分鐘，包括進入、卸裝、上陣、完事、洗滌、著裝、走出怎麼夠？票即售出概不退換，不過看她一付成竹在胸、

老神在在，我們也沒話說。

輔導長向等候之衆嫖客宣佈，請大家共體時艱，將就一下、共渡難關。爲了達成任務，我想出了一個最有效率、最省時的方法。醫官是難不倒的。買單號的在第一間外面排隊、雙號的在第二間；第一號與姑娘進去辦事時，第二號兄弟先在第二間卸褲平躺等候，小姐完事後由第一間馬上轉戰第二間。第一號著裝出來，第三號馬上進去第一間，先行卸褲躺在床上候駕，餘此類推。這是個歷史鏡頭，我必須好好觀察，我渴望知道她如何完成此不可能的任務。兩個多小時如何幹掉三十幾個老炮兵。

整個早上我坐在門外，只見小姐著粉紅色、性感半透明短睡袍，長僅及大腿上半，重要部位若隱若現。無暇穿脫內褲，第一、二間來回穿梭，如花蝴蝶一般，每次進出裙擺飛揚、春光無限。我環視左右發現一群弟兄不約而同站在我周圍，目不轉睛，張口吐舌，涎滴滿地觀賞免費養眼鏡頭，大飽眼福。

我的衛生兵三七仔祥忙著端洗臉盆裝水，面帶淫笑清理戰場，跟著小姐忙進忙出滿頭大汗但卻狀甚歡愉。衆老士官長在該弱女子窮搖猛搖、大搖特搖之下，紛紛不支而射、下床稱臣、落慌而逃。

出得門來衆砲友彼此相視一笑，每一個人上陣時間長短久暫，全都透明化，清清楚楚、無法吹噓。一整個早上按部就班、秩序井然，十一點不到，三十幾個士官皆已被解決殆盡。事後，小姐換上洋裝準備吃中飯時，看她若無其事，令人咋舌，反倒是祥仔一臉疲憊，看起來比她還累，十元小費不好賺。

午休後再啓戰端，衆年輕壯丁雖個個磨拳擦掌，但久不經陣仗，那堪如此研磨，紛紛棄甲稱臣，無一倖免。四點不到，全部清潔溜溜，比預定四點接人時間還早。我再一次見識到人類偉大的生理潛能。

因爲還有一點時間，在夕陽餘暉下，

小姐著性感半透明短睡袍，重要部位若隱若現。第一、二間來回穿梭，每次進出裙擺飛揚、春光無限。

我與輔導長散步送她到港口搭船。沿途經過之據點，阿兵哥口哨聲、歡呼聲、拍手聲不絕於耳，除了愛意還多了一份敬意。畢竟征服者總是受到尊重、愛戴的。

一路上，我對如何在五小時不到，幹掉七十幾人很好奇，有太多問題想問她，不知如何開口。

「今天辛苦了！」她瞪了我一眼，我知道問錯了題目。

輔導長補了一句，「二膽弟兄有沒有失禮的地方，需要改進的？」

「這些急色鬼好像一生都沒有看過女人似的，好幾個連姿勢都沒擺好就射了我一肚臍，害我擦了老半天，氣死人了！」

「有沒有一個比較印象深刻的？」

「是有一個很討厭的小兵想要撈本，每插一下就叫一角，兩角、三角……九角、一元，付十二元他竟然想來一百二十下……」

「結果怎樣了？」我迫不及待，急切地想知道答案。

「麥講一百下，十五下不到就死翹翹，跟老娘來這一套，還早咧！」「喂！二膽軍官怎麼沒有一個有卵葩的！」她丟下這句話，乘艇遠去。

那夜站衛兵時，姑娘那著粉紅色、半截性感睡衣、婀娜多姿、冶艷亮眼的身影，仍在我的左右兩葉大腦間，穿梭遊走不停，久久揮之不去。一個桃花源洞，七十幾個小頭輪流探索，這是一個什麼樣的世界？那一夜我無法入眠。

【第二十五章】戰地鴛鴦，露水夫妻

每次姑娘一來後，餐間話就多了。一談起此事，大家不禁眉飛色舞、興致勃勃，指揮官也聽得津津有味。乃當下決定爲感念小女子，獻身報國，撫慰官兵有功，以後八三么姑娘來時，中餐改在指揮部，由指揮官作東並請伙夫燒幾道拿手好菜招待。

老問題又再被提起，「二膽軍官自Y官以後，幾個月來都沒有人上？醫官有沒有聽到一些風聲，哪一個軍官感興趣的？」

「洞八（08）據點之C官似乎有意但仍舉棋不定」。洞八據點指揮官C君是農家子弟皮膚黝黑，某大學文科畢業的少尉預官，一付忠厚老實的樣子。領掛蜘蛛標就在衛生單位隔壁據點。

剛開始我很討厭他，因爲我看到政戰徽章就

一股無名火起。最後知道它是黑牌政戰官，也是一般預官無辜當上政戰官，才漸漸跟他聊起來。晚上沒事時也常攜珍藏之大麴酒到其碉堡聊天，也因此與士官長起衝突而搬到指揮部，我與他都是大學畢業，因此聊得還算投機，無所不談。

自從Y官上陣失身以來，他就有意無意之間問起一些有關性交、防病等問題，直覺告訴我他體內賀爾蒙已經開始發酵，有點紅鸞星動、春心蕩漾；但想上又顧此忌彼，總提不起勇氣，下不了決心。這次向我拿了兩個保險套，本想要上，結果發現只有一個姑娘而臨陣煞車。

六月姑娘來的那一天，早上接客時間十一點鐘結束，兩位小姐稍微梳洗過後，我帶至指揮部，與指揮官、連長、連副連輔等人一起用餐。席間菜雖算豐盛，但兩位小姐或許在眾目睽睽之下有點尷尬，並未多用，精心準備的陳年大麴，亦只小酌一番、意思一下，一位小姐看起來就是道中高手，粗話連篇；另一位卻常低頭不語，似有滿腹心事，與姑娘在指揮部同用中餐似乎沒想像中的羅曼蒂克。

也許指揮官、連長等人平時官模官樣，一下子擺不下臉，總之，與我預期英雄美人，佳餚美酒，觥籌交錯相差太遠。雖然連長與我頻頻勸酒，似乎也沒有效。或許她們下午有

任務在身，怕喝醉了，忘了搖擺晃動，誤了大事不成。

至今爲止，軍官沒人買票，中午小姐又無事可幹，飯後，我護送她倆到康樂室休息片刻，兩點再開始營業。康樂室外一棵樹下，站了一個熟悉的身影，見了我，馬上走了過來。

「醫官，我下定決心，今天要破戒！」我有一點訝異兼意外。

「東西準備好了嗎？」我指的是保險套。

「你喜歡哪一個？」，他挑了那個看起來打扮較樸素的那位，心想二膽處男又將要陣亡一位了。

今天軍官上陣事出突然，因此沒有驚動任何人，四周無閒雜人等，樂得清閒。我半躺在樹下假寐，反正快兩點了，樹下雖熱，但最少比烏漆　黑、空氣混濁的地洞好一點。

一覺醒來快兩點了，「乖乖！他還沒出來，比Y官還行。」單單能在那小蒸籠內呆個半小時就令人佩服，他在裡面搞什麼鬼？

差一分兩點，C官終於出來，只著汗衫，手提上衣，我從來沒見過流那麼多汗的人，豈止用濕透了可以形容。整件汗衫找不到一小片乾處。

「你在裡面幹啥？」他急忙把我拉到一邊樹下。

「醫官，我不知道怎麼一回事，我進去後不久，大概才和她聊了一下子，她就抱著我痛哭，似乎滿腹委曲，哭了一陣後他告訴我，今天陪了我以後就不再接客。然後，擦乾眼淚指導我辦事，出門前還塞給我一包東西，你看！是個小紅包，這是怎麼回事？」他張開右手讓我端詳仔細。

「他認爲你是如假包換的在室男。」他連

她抱著我痛哭，哭了一陣後他告訴我，今天陪了我以後就不再接客。

票也不用買了，女人還倒貼，我倆面面相覷，卻沒感覺到一絲歡樂喜悅，反而如梗在喉。

我望著全身濕透、神情落寞的他，踩著沉重的腳步緩緩離去，百思不解他跟Y官兩個大學預官都在即將退伍之際發生這種事，是飢不擇食？還是二膽這鬼地方呆久而中邪了呢？初上二膽時，看到如《現代啓示錄》電影中，美國政府派出的殺手馬丁辛初抵寇芝上校之駐地時所見的那一幕，到現在還無法忘懷，不時在腦際重播。馬龍白蘭度飾演的寇芝上校低沉的嗓音一直重複著Horror（恐怖）！Horror！Horror！後來並製造機會讓馬丁辛將他幹掉，因爲活著眞是恐怖，寇芝上校代表的就是一個瘋了的世界，想來令人毛骨悚然，再不離開二膽，我可能也要步其後塵瘋掉了。

那天下午，該姑娘果然關在房裡不再接客，全二膽連我只有兩個人知道原因。幸好還有一位姑娘。有了上次的經驗，一切按部就班、駕輕就熟，沒有意外，以吉普車送她倆至碼頭時，只見她低頭不語，似有滿腹心事。我不禁想起C官那一身濕汗和那滿臉的困惑，戰地鴛鴦、露水夫妻，神女生涯原是夢，難道有時也會動眞情嗎？

【第二十六章】解甲歸台

離開退伍日愈近，愈感覺時間停滯不前，「光陰荏苒」這句成語在二膽是不存在的。

劉官知道我即將退伍，「醫官，要退伍了，恭喜！退伍第一件事要做什麼？」

「我要吃一隻香噴噴的熱烤雞，配幾瓶冰得涼涼的啤酒。」已經一年多沒喝過冰啤酒了！

「劉官，你呢？」

退伍？還早咧！不過退伍第一件事要馬上找個馬子做愛，再做愛，再瘋狂做愛。」

接著他問我喜歡何種退伍禮物，他都可以設法，二膽什麼也沒有，只有槍彈兵刃。二膽的子彈管制不很嚴格，好像沒有在記數一樣，每隔一段時間就要各兵拿各種槍械去射擊，其實是試槍，

因槍不常打，不知道打起戰來能用否？但須注意一點，槍口不可對中國大陸，可以對大膽或大小金門，就是不能對中國大陸打，這有點奇怪，我們整天要反攻大陸，但是眞的用槍時，槍口卻不得瞄向中國大陸，你說奇怪不奇怪？

每次試槍總會發生幾件「爆膛」事件，尤其是卡賓槍，射擊時槍機爆開，未射殺敵人先爆傷自己，這些武器也該淘汰吧！眞幹起來時，不知多少武器槍枝是管用的。記得高中或成功嶺打靶時，打了幾彈，幾個彈殼都要點交個清清楚楚，少一顆都不行。在二膽隨便打，連彈殼都不撿回來，也沒人清點。

退伍第一件事要做什麼？

劉官看我對子彈很感興趣，於是說：「醫官，只要你開口，從手槍、卡賓槍、衝鋒槍、五零機槍到大彈砲，要多少就給多少，還有要擊發過的或未擊發的由你挑！」

擊發彈就是把彈頭撬開，彈藥倒出，彈尾再擊發，表示是打過的廢彈，彈頭再組裝回去，看起來一如新品，漂亮安全又不傷人；未擊發彈，就是眞彈。開玩笑！六零年代拿子彈回台灣，我不要命了！抓到了穩送軍法，偷渡一些空彈還勉強可以接受。

退伍時，我的木箱內有一串由手槍彈頭串成的項鍊，一束由卡賓槍子彈串成的鑰匙圈，還有二膽所有槍械，包括手槍、卡賓槍、衝鋒槍、五零機槍各種槍械、大大小小的各式子彈，

每次試槍總會發生幾件爆膛事件。

砲彈太重了，只好割愛。

剛上二膽時，以天爲單位，倒數計日，數饅頭，以後以時爲單位，醒時每一小時在時辰上打一個×，一直到睡覺，後來一個小時再細分四格，每15分鐘打一個×，再變爲5分鐘打一個×……。整本記事本無事可記，只有×××到底，眞要瘋了。

六十二年七月三日是退伍日，但接我的船沒有來，因爲大金門回台灣的船期還沒消息，我又多當了四天的軍人，仁盡義至對得起中華民國了，終於可以走了，連輔把我叫到他辦公室後一再叮嚀交代，我在二膽一切所見所聞都是國家機密，不可透露給任何人包括親友，否則仍可以洩漏軍機法辦，嚇得我退伍很久都不敢放一個屁。離開前，還不死心再次問我：

「醫官，那春藥處方眞的不能留下來嗎？」我的答案還是一樣。

終於拿到退伍令，我脫下軍裝，從木箱拿出三百六十九天前塞進背包，皺成一團的花色尼龍襯衫及喇叭褲，許久未穿又因潮濕好似一團抹布，已發霉，我小心翼翼的攤開以手撫平，雙手抓著用力摔了一下，然後穿上，覺得穿在身上好輕好薄，褲頭有點緊，我發現口袋中有面小鏡子，好久沒照鏡子了，在鏡中我看到一個黝黑短髮又陌生的臉。

我脫下軍裝，從木箱拿出369天前塞進背包，皺成一團的老百姓服。

九點多交通船先到大膽，再到二膽來接我，離去時馬達卜卜響，二膽離我愈來愈遠，終於消失在海面上，我沒有一絲依依不捨，只想趕快離開，我的一顆心已經先我回台灣了！

坐在木箱上，愣愣的看著船上另兩個由大膽上船的乘客，沒有交談，那是一隻很漂亮，雄壯的德國狼犬官拜少尉和牠的侍從兵，小兵一直在撫摸牠的頭及身子，少尉躺在甲板上，伸出舌頭不斷地喘氣。

二膽與中國大陸，近在咫尺，僅一水之隔，相距不到兩公里，離金門新頭碼頭卻逾二十公里，船上沒有遮陽設備，時近中午艷陽高照，我身上穿的已不再是厚厚的草綠色戎裝，而是薄薄的老百姓服。

也許心情突然變輕鬆，炙熱的陽光焗烤下，我無啥感覺，但眼前這隻狗少尉卻氣喘吁吁，更形嚴重，只覺得不對勁，但說不出來，我對事情發生之反應好像很遲鈍，船行近三個小時，少尉突然不喘了，牠的侍從兵抱著牠一直流淚，我一介平民兩手空空，除了曾經縫過狗皮，對狗疾一無所知，實在幫不上忙，也不知如何急救！，想要回台的心又再加速，天啊！讓我趕快平安回到家吧，旅途中不要再看到任何死亡或意外，我快受不了了！

至今我仍忘不了那萍水相逢，一面之緣的狗少尉，短暫相聚，卻眼睜睜地看著牠的生命一點一點離去，只能坐在旁邊乾看著，什麼也沒做，連最起碼的CPR也

眼睜睜地看著狗少尉的生命一點一點離去。

沒有，牠的侍從兵下場如何，會被處分嗎？

在新頭碼頭候船時，我孤獨的坐在木箱上，沒有人跟我說話，沒有親朋好友、沒有愛人來送我的行，我的心中茫茫然卻也不哀戚，因爲我即將回到我久別的故鄉，我的親人在海的那邊等著我。

我一生不管坐車、搭船或等候飛機都不曾呆坐過，總習慣翻翻報紙、看看書，最討厭呆坐，所以在新頭碼頭候船的那幾個小時的事，至今仍記憶猶新，而且百思不解。

到達時間才中午，離開船時刻還有好幾個小時，雖然連部給我兩包攜帶口糧，但我一點胃口也沒有，我呆坐在木箱上，我發現面前有一中年婦女，穿扮如鄉下客家村婦，著深藍布掛，樸素打扮，也在候船，她時而起立，時而走動，她那一舉手一投足，她的一顰一笑、她的衣衫擺動、她的背影，一再地吸引著我的目光，隨著她的身軀移動不曾離開，像欣賞一件美麗的藝術品，連看了幾個小時，一直到上船才分開。

那一幕，我至今仍百思不解，這是怎麼回事，當兵一年、二膽半年，一個男孩眞的變成一個男人了嗎？還是一個愚蠢的白痴？每思及此，內心深處一陣驚悚。

我呆坐在木箱上，面前有一中年婦女，她的一舉一動，一再吸引著我的目光。

船經過澎湖時只見遠處閃爍微光，一群老芋仔在旁指指點點，我歸心似箭，在漆黑的甲板上貪婪的吸著那來自故鄉熟悉的海風。「快到台灣了！」旁邊有人說著。

船駛近台灣，從看到第一個燈光開始，我就目不轉睛的注視著那來自高雄的光，由稀稀疏疏、忽明忽滅，閃爍不定的微光，到進碼頭時那一整排五顏六色閃爍著的燈，好亮好亮，那是我一生看過最多最美的燈光。兩顆淚珠忍不住滾了下來，我已經一年多沒有看到這麼亮眼的燈光。

提筆至今憶及初見高雄碼頭那剎那，內心仍不免一陣激動，頓覺眼光模糊臉頰一片潮濕。

軍車送一群軍人和我到高雄火車站，夜已深。睽違已久的高雄夜景，車燈川流縱橫，兩旁的霓虹燈交織閃爍，我有一股說不出來既陌生又奇怪的感覺。車停在第一個紅燈時，我望著紅燈一刻不離怔怔地看著，一面看一面想，「紅燈？」「紅燈滅綠燈亮」「綠燈？」，紅燈綠燈一亮一滅之間，讓我努力沉思很久，紅燈綠燈好似很陌生又很遙遠。一年多沒看過紅綠燈了！反應竟然遲鈍至此程度，天啊！我也如二膽其他預官一樣中邪了嗎？

我歸心似箭不想再等火車，招了一輛計程車送我回鳳山。車窗外兩旁明亮閃爍的霓虹燈招牌向後飛逝，速度轉變讓我無法承受，由時光停滯靜止的二膽回到一切飛快的高雄，速度感也變了！

雖然歸心似箭，我仍怯生生的輕拍前面運將的肩膀一下，「這位運將先生，我多給你一點小費，請你開慢一點，拜託！」。浩劫餘生，萬難歸來，我不想再生枝節。我聽到內心深處，只有一個卑微的願望"I wanna be home in one piece!"

到家時，已夜深人靜，家人開門看到我如見鬼魅，媽媽緊緊地抱著我眼淚直流，三百六十九天了，退伍之日已逾四天，音訊全無，不知生死又無處查詢，看我一身邋遢，穿著猶如叢林中失聯的野人，也許渾身臭味我不自覺，母親叫我馬上脫掉身上所有衣物，

連同木箱中之衣襪、鼠口餘生之書籍，一把火燒掉。

這時他們才知道我在廈門市的二膽島服役，不是金門！二膽對他們來說是一個完全陌生，記憶中不曾存在的地名，一年多來寄回家的明信片，住址換了三個不同的郵政信箱號碼，不得透露駐地，那也是機密。

他們怪我回家也不通知一下！在二膽連我自己都不知道哪一天能退伍，但我確定如果寫信告知退伍時日，搞不好我回到家了，信還在政戰官手中檢查，電話？甭想了！二膽有線電話只有重大緊急事件才能使用，打回台灣，想都不用想，而且船期行程都是機密，豈可洩漏軍機，「公共電話」在當年前線猶如飛毯，是一千零一夜裡的童話故事。

回家一個多星期後，洗澡時還可搓出一大把歷史悠久的汙垢，思考力終於慢慢回復。在二膽雁杳魚沉，音訊斷絕，回家後才發現申請醫院時，去信申請之科主任俱已易主，人事全非，所求非人，兩次國考，都已錯過，醫師執照不見著落，無法回母校服務，一切從頭再來。

已經五十年了，每次手握著退伍時，連部送給我的紀念章，圖案爲鋸齒匕首，上書「戍守二膽 1973」，心中仍然激盪不已，久久不能釋懷。

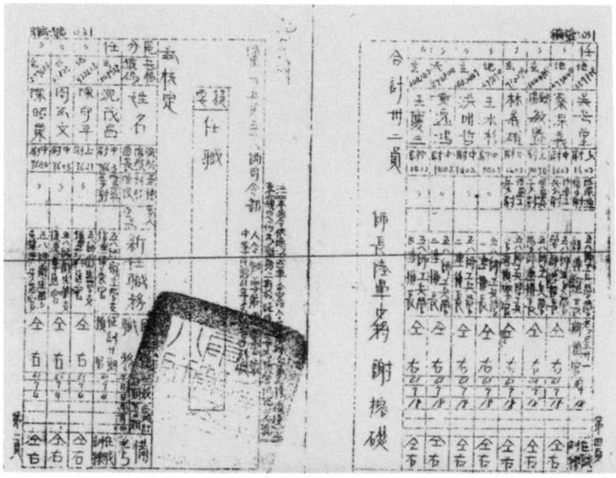

退伍令（紀節朗醫師提供）。

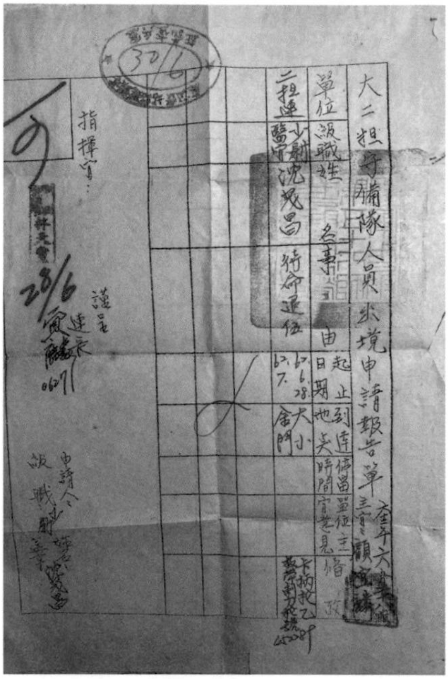

作者個人二膽退伍令。

退伍時的禮伍子彈串成的鑰匙圈及紀念章。

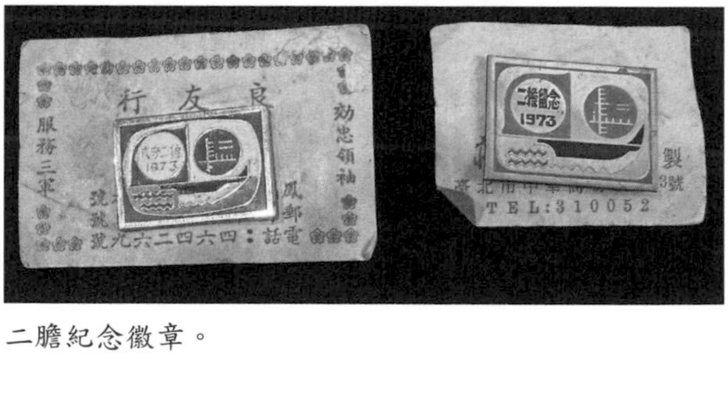

二膽紀念徽章。

【第二十七章】重返衛生連

三十年後（二〇〇一年十月）我帶著兒子彥廷重返后頭衛生連，因爲他就讀成大醫學院，畢業後亦將入伍當醫官，帶他提前見習體驗前人服役的艱辛。船抵烈嶼九宮碼頭，一片欣欣向榮，到處都是觀光客，與荒涼的往昔不可同日而語。到達衛生連部，我很驚訝地發現部隊早已撤離。醫官所住碉堡入口雜草叢生，內部一片淩亂狼藉，連部大半倒塌，只剩斷垣殘壁，營部早已淹沒於一片亂草中，門診、病房及連集合場空無一人，只有兩條狗在中山室外躺著，舊時衛生連盛況俱往矣。才三十寒暑，雖往事如繪，但景物全非，滄桑歷盡，獨留枯寂，敘說被棄悲運。

信步走到后頭，立了不少嶄新的樓房和電線杆，當年的食堂及撞球間全不見了，西藥房也無蹤影，台南冰果室外觀也已改變，不再唯我獨高，詢及阿蘭、阿秋兩姊妹都已遠嫁到台灣。

再到東林步兵營駐地，除了國光戲院，當年痕跡已不復可尋，號稱西門町的東林街頭，行人稀稀疏疏，許久才看到一個軍人，很多商店都已關門，八三么也消失了，不見往日人潮洶湧、熙來攘往，只有冷清、凋零、寥落。

在湖井頭觀測站，每個遊客的望遠鏡都眺向大陸，只有我把鏡頭拉到二膽，尋找遙遠的記憶，那裡留有我的汗水、笑聲和淚痕，不知何時能再登臨二膽。

回程我還有滿腹的回憶及感受想對兒子再話當年，但看他一臉茫然，似無感覺，只有把到喉之話語再度嚥回，也許我們這一世代的服役往事，只能自己回味。

爲了再睹二膽，二〇〇八年我由金門搭船至廈門經過該島，在船上遙望當年曾駐守，歷經艱苦的海中孤島，雖只驚鴻一瞥，但也足夠心海翻騰良久。

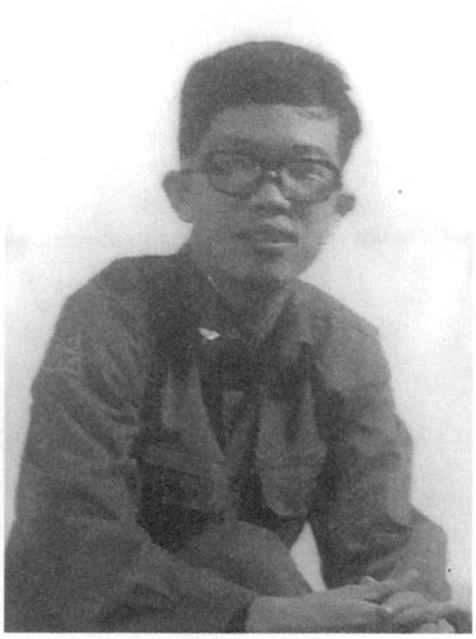

搭船去廈門，途經二膽島 2008。

二膽醫官 1973。

九宮碼頭前到處是觀光客。

中山室。

昔日后頭最高建築「台南冰果室」。

昔日步兵營之醫療室。

衛生連部外觀。

衛生連部近看。

病房 。

門診部，緊鄰醫官寢室碉堡（照片右方）。

醫官寢室碉堡入口。

緊鄰步兵營之國光戲院。

東林街頭行人稀疏，不復往日盛況。

國家圖書館出版品預行編目 (CIP) 資料

二膽醫官 / 沈茂昌著 . -- 初版 . -- 臺北市 : 原水文化, 城邦文化事業股份有限公司出版 : 英屬蓋曼群島商家庭傳媒股份有限公司城邦分公司發行, 2023.11
面 ; 公分 . -- (HD7022)
ISBN 978-626-7268-60-5(平裝)

863.55 112016612

二膽醫官

作　　者　沈茂昌
選　　書　林小鈴
主　　編　陳雯琪

行銷經理　王維君
業務經理　羅越華
總 編 輯　林小鈴
發 行 人　何飛鵬
出　　版　原水文化
城邦文化事業股份有限公司
台北市中山區民生東路二段 141 號 8 樓
電話：(02) 2500-7008　傳真：(02) 2502-7676
E-mail：bwp.service@cite.com.tw
發　　行　英屬蓋曼群島商家庭傳媒股份有限公司城邦分公司
台北市中山區民生東路二段 141 號 11 樓
讀者服務專線：02-2500-7718；02-2500-7719
24 小時傳真服務：02-2500-1900；02-2500-1991
讀者服務信箱 E-mail：service@readingclub.com.tw
劃撥帳號：19863813
戶名：書虫股份有限公司

香港發行所　城邦（香港）出版集團有限公司
香港灣仔駱克道 193 號東超商業中心 1F
電話：(852) 2508-6231　傳真：(852) 2578-9337
E-mail：hkcite@biznetvigator.com
馬新發行所　城邦（馬新）出版集團 Cite(M) Sdn. Bhd. (458372 U)11, Jalan 30D/146, Desa Tasik, Sungai Besi, 57000 Kuala Lumpur, Malaysia.
電話：(603) 90563833　傳真：(603) 90562833

封面、版面設計　徐思文
內頁排版　徐思文
插圖　沈茂昌
製版印刷　卡樂彩色製版印刷有限公司
2023 年 11 月 30 日初版 1 刷　Printed in Taiwan
定價 450 元
ISBN 978-626-7268-60-5(平裝)
ISBN 978-626-7268-61-2(EPUB)